바보 한민족

③ 철학의 시원

그림자 진리 - 빛철학을 찾아서

바보 한민족

③ 철학의 시원

박해조 지음

달 모시는사람들

2008년 2월 10일 오후 8시 40분경, 숭례문이 불붙기 시작하여 다음 날 새벽 2시 30분경 2층 누각이 허물어져 내리며 거의 다 타 버렸습니다. 온 나라가 경악했습니다. 화재 현장에서 중계하는 아나운서와 국민들 모두, 국민의 자존심이 불타서 허물어졌다고 통탄하고 또 통탄하고 있었습니다. 숭례문은 국보1호입니다. 그럴 만합니다. 텔레비전으로 숭례문 화재 현장과 국민들의 반응을 보면서 문득 어렸을 때 들었던 옛날이야기 하나가 떠올랐습니다.

옛날 옛날에, 어떤 고을에 금슬 좋은 부부가 살고 있었습니다. 고을 뒷산에 살고 있던 구미호는 부부가 금슬 좋은 것을 시샘하여 부인을 자기 굴에 납치하여 놓은 다음, 부인으로 둔갑하여 그 집에 가서 살기 시작합니다.

어느 날, 밥상에 앉은 남편이 가만히 보니 자기 젓가락이 바뀌었습니다. 그는 혼잣소리로 「어, 젓가락이 바뀌었네?」라고 했습니다. 그 얘기가 끝나자마자 어디선가 「바보 서방님, 젓가락 바뀐 것은 알고 색시 바뀐 것은 모르나요, 바보 서방님」이런 소리가 들려왔습니다. 이 소리를 들은 남편이 상황을 관찰하고 분석하여 사건을 잘 해결하고 금슬 좋은 부부가 오랫동안 잘 살았다는 옛날이야기입니다.

숭례문은 국보1호이니 소중합니다. 그러나 우리가 잃어버린 우리의 철학, 우리의 정신은 더 소중합니다. 숭례문은 눈에 보이는 것입니다. 철학과 정신은 눈에 보이지 않습니다. 눈에 보이는 것을 잃어버린 우리들은 분개하고 낙담합니다. 그러나 눈에 보이지 않는 철학과 정신을 오래 전에 잃어버린 우리는 덤덤하게 살아왔습니다. 젓가락을 잃어버린 것을 알아도 색시 잃어버린 것을 모르는 바보 서방님처럼.

불타버린 숭례문을 향한 국민들의 반응을 보면서 옛날 얘기의 여운이 떠나지 않았습니다.

2009.11

오대산에서 박해조

바보한민족 ❸ 철학의 시원

그 림 자 진 리 - 빛 철 학 을 찾 아 서

차례

책머리에　　　4

1. 철학시대의 도래

철학의 출현 11

　　　1. 느낌 문화 시대 _11　　2. 말 문화 시대 _11

　　　3. 철학 문화 시대 _12

철학의 정의 14

철학의 구조 17

현재의 한국철학 20

한민족의 빛철학 22

　　　1. 혼의 탄생 _23　　2. 빛의 구조 _26

　　　3. 빛의 운동 _28　　4. 빛의 알 _30

　　　5. 빛의 살 _33　　6. 빛의 몸 _34

7. 빛의 변화와 현상들 _36

빛이 땅에 서다 46

1. 사람 _48   2. 모둠사회 _69

3. 조직 _78

2. 그림자 철학

노자의 도덕경 107

1. 도덕경 퍼즐 맞추기 _109   2. 도덕경 퍼즐 해석 _113

3. 빛철학으로 풀이한 도덕경 _120

4. 노자 도덕경의 핵심 _127   5. 노자 도덕경의 오류 _130

천부경 138

1. 천부경 전문 _138   2. 천부경 띄어쓰기 _139

유학 148

1. 유학의 핵심 _148   2. 빛철학과 유학의 비교 _162

화석이 된 철학의 파편들 194

1. 숫자 _194   2. 말 _206

한민족의 빛철학 정리 223

1. 빛철학의 헌법 _223   2. 빛철학의 법률 _225

3. 빛철학의 시행령 _228   4. 빛철학의 모둠 환생론 _231

3
철학의 시원

철학의 원료

1.

철학 시대의 도래

빛 사람들이 모여 앉아 의논을 합니다

철학의 출현

1. 느낌 문화 시대

태초에 빛사람들이 있었습니다. 그들은 느낌이 섬세하여 자기 자신의 혼魂은 물론, 저 허공에서 다음에 이 땅에 육신을 갖고 태어날 혼까지 볼 수 있었습니다. 느낌이 섬세한 빛사람들은 말과 글을 쓰지 않고도 서로 의사를 소통할 수 있었습니다. 느낌만으로 소통이 가능한 그 때, 말과 글이 만들어지기 전의 그 때를 느낌 문화 시대라고 합니다.

2. 말 문화 시대

빛사람들의 세상에 세월이 흘렀습니다. 산술적으로 명쾌하게 말할 수 없지만 5000년쯤 지난 뒤, 빛사람들의 느낌이 거칠어지고, 둔탁해지고, 경직되어 갑니다. 허공과 자신의 혼을 볼 수 있는 빛사람은 소수小數만 남았습니다. 이제 대부분 사람들은 느낌으로 의사소통하는 것이 불가능하게 되었습니다.

소수의 빛사람들이 모여 의논을 합니다. 섬세한 느낌이 사라졌다는 것은 생명체의 본질과 소중함을 잃어버렸다는 증거입니다. 빛사람들은 생명체의 본질과 소중함을 회복시키려고 생명체를 원료로 한 의사소통 도구를 만듭니다. 그것이 말과 글입니다. 빛사람들은 느낌이 거친 사람들에게 말과 글을 가르치며 당부하고 또 당부합니다.

「말과 글은 생명체의 변화를 사실적으로 그린 것이니, 말과 글을 하나씩 사용할 때마다 생명체를 생각하여야 한다. 말과 글은 소통의 도구가 아니라 생명체 그 자체이다.」 사람들은 말과 글을 익혀 의사소통에 무리가 없게 됩니다. 사람이 처음으로 말과 글을 만들어 의사소통을 하던 그 때를 말 문화 시대라고 합니다.

3. 철학 문화 시대

또 세월이 흐릅니다. 말 문화 시대가 시작된 지 5000년쯤 뒤에 사람들의 느낌은 더 거칠어지고 굳어져 생명체의 본질과 소중함을 잊어버렸습니다. 말과 글을 사용할 때도 그 속의 생명체를 전혀 생각하지 못하고 오로지 의사소통의 도구로만 인식하고 있었습니다.

소수에서 더 소수로 남은 빛사람들의 근심은 깊어만 갑니다. 사람이 사람다운 품위를 유지하며 살아가려면 생명체의 본질, 변화를 섬세하게 느끼고 알아서 생명체의 소중함을 늘 잊지 않고 있어야 합니다. 그런데 사람들은 생명체를 잊고 삽니다.

빛사람들이 모여 앉아 의논을 합니다. 말과 글이 생명체의 본질과 변화를 입체영화처럼 실사한 것이니 말(言) 가운데 중요한 것을 추스려서 생명체의 근본과 변화를 정형화定刑化합니다. 이것을 요즘의 말로 철학哲學입니다. 살아 있는 생명체를 정형화했다는 것은 살아 있는 생물을 박제로 만들었다는 뜻입니다. 그러므로 철학은 생生학문이 아니라 박제剝製학문입니다. 사람의 세상에 처음으로 철학이라는 학문의 시대가 시작됩니다. 철학 시대, 박제학문 시대의 시작이며 이것이 철학 문화 시대의 출발입니다.

철학의 정의

평생을 철학만 연구한 학자들의 공통된 의견으로는 철학을 한마디로 정의定義할 수 없다고 말합니다. 이렇게 말하는 것은 철학이 탄생한 진원지를 모르기 때문입니다. 생명체를 바탕으로 말과 글이 탄생했고, 말과 글을 바탕으로 철학이 탄생했으니 철학을 한마디로 정의하려면 철학이라는 말을 살펴보면 됩니다.

철학이라는 말은 밝힐 철哲과 배울 학學으로 이루어집니다. '배울' 이라는 말은 배움이라는 말과 같으니 무엇을 배우는 것인지 밝히는 것이 철학입니다. 무엇을 배우는 것인지 명쾌하게 알려면 「배움」의 말뜻을 알면 됩니다.

「배움」은 「받·잇·움」의 합성어입니다. 「받」은 생명체·생명력·혼魂을 복합적으로 의미하며, 「잇」은 생명체·생명력·혼을 「잇」는다는 말입니다. 잇는다의 뜻은 존재하도록 유지한다는 것입니다. 「움」은 움트다, '움직인다' 는 뜻이니 탄생과 성장을 아우르는 의미입니다. 이 설명들을 간략하게 다시 정리해 보면,

철哲

혼魂이 어떻게 육체로 전환되는지 분석하고 통합하여 밝혀내는 것이 철학입니다.

학學

혼이 어떻게 수태되어 엄마의 자궁에서 어떤 변화를 거쳐 이 세상에 태어나며, 태어난 아기를 어떻게 성장시키고 숙성시켜 고품격의 인격체를 지닌 인간으로 완성시킬 것인가? 이 물음의 해답을 찾기 위하여 끊임없이 의문을 갖는 것이 학문입니다.

그리고 생명체의 혼은 어떻게 구성되어 있고, 혼은 어떻게 운동하고 있으며, 생명체가 육체로 탄생한 후에 그 생명체를 가장 이롭게 하는 것이 어떤 것인가? 이렇게 끊임없이 생명체에 대한 의문을 가지고 성찰하며 분석과 통합을 하는 것이 학문입니다. 철학을 다시 짧게 정의하면,

「철학은 생명체의 혼과 육체의 존재를 아는 것」

입니다. 학문을 정의하면,

「생명체의 혼과 육체를 어떻게 하면 이롭게 할 것인가에 의문을 갖는 것」

입니다. 이것을 늘 탐구하는 것이 학문입니다. 철학과 학문은 종류가 많습니다. 그러나 혼魂이 거세된 실존철학은 반토막 철학이며, 생명체가 송두리째 없어진 기호철학은 이미 철학이 아닙니다. 그리고 학문 가운데 생명체를 위한, 생명체를 이롭게 하지 않는 학문은 학문이 아닙니다. 그것은 기술입니다. 철학, 학문은 생명체가 원료이며, 생명체를 위한 방법을 생각하는 것입니다.

철학의 구조

이 세상에 놓여 있는 구조물 가운데 가장 안정적인 형태가 세모꼴입니다. 세모꼴 구조물은 유지와 안전이 가장 탁월합니다. 구조물만 세모꼴이 아닙니다. 국가를 만들 때, 국가 형태와 구조도 세모꼴입니다. 법을 만들 때 헌법부터 만듭니다. 헌법은 국가의 형태와 구조와 성격을 정하는 것이기 때문에 간단합니다.

다음은 헌법을 기준으로 법률을 만듭니다. 법률은 국가 경영의 골격이기 때문에 헌법보다 복잡합니다. 다음은 법률을 기준으로 삼아 시행령을 만듭니다. 시행령은 실제로 집행하는 것이기 때문에 세세하고 사실적이어야 합니다. 국가의 살(肉)이기 때문에 법률보다 몇 배 많은 분량이 됩니다. 이것을 세모꼴 형태 그림으로 봅니다.

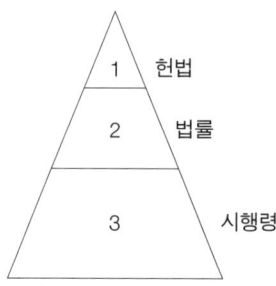

철학의 구조도 이와 같습니다. 세모꼴입니다. 헌법과 같은 것이 혼魂이며, 법률과 같은 것이 엄마 자궁에 수태한 아기며, 시행령과 같은 것이 이 세상에 태어나 아기→소년→청년→장년→노년의 과정을 거치는 몸입니다.

혼魂은 단순하여 설명할 것이 많지 않습니다. 엄마자궁에 잉태하여 열 달 동안 분열·통합을 반복하는 태아는 혼보다 설명할 것이 많습니다. 태어난 아기는 소년에서 노년까지 한평생을 살면서 많은 희·노·애·락을 겪습니다. 설명할 것도 많고 의문을 가질 것도 많습니다. 철학의 구조는 헌법·법률·시행령과 똑같은 세모꼴입니다. 이것을 도표로 봅니다.

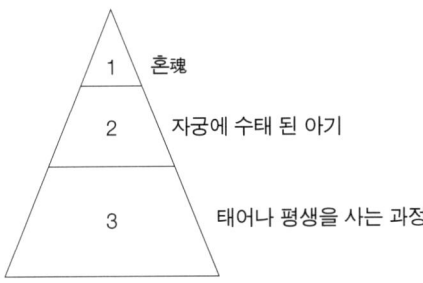

1	혼魂
2	자궁에 수태 된 아기
3	태어나 평생을 사는 과정

　철학은 배분이 다른 셋으로 분포된 세모꼴의 구조로 되어 있으며, 이 세모꼴의 구조로 변환하는 생명체의 근본과 운동과 변화를 밝혀 내는 것입니다.

현재의 한국철학

신라 말 헌강왕 원년 서기 857년에 태어난 고운孤雲 최치원은 한국철학에 관하여 애절한 마음으로 여러 번 말합니다. 그 내용을 종합하여 보면「예로부터 한민족에게 현묘玄妙한 도道가 있었으니, 그것은 풍류지도風流之道다. 풍류도는 유교儒敎와 불교佛敎와 선도仙道를 포함하고 군생群生을 접화接化하는 것이다. 본래의 한민족의 아름답고 웅장한 기상을 회복하려면 풍류도를 회복하여야 한다.」

최치원은 풍류지도가 중요하다고 반복해서 말하지만 풍류지도가「이것이다」라는 말은 못합니다. 최치원은 유교를 전공한 선비이면서 불교·선도·도교를 끊임없이 탐구하여 유교를 아는 만큼 일가견을 이룹니다. 이렇게 여러 분야의 학문을 연구한 것은 최치원이 풍류지도를 알고 싶어했던 의문과 열정의 결과인 것으로 보입니다. 한평생 풍류지도를 탐구하였지만 풍류지도에 대하여 명쾌한 언급이 없는 것으로 보아 끝내 풍류지도를 알아내지 못한 것 같습니다.

약 1200년 전에 천재로 널리 알려졌으며 당나라와 신라의 문화와 학문의 정점에 있었던 최치원이 간절한 염원을 가지고 찾아 헤맸지만 실패한 것을 보면 한민족의 철학은 이미 1200여 년 그 이전에 대부분 실전失傳된 것입니다.

지금 겨우 남은 것이 「홍익인간사상弘益人間思想」입니다. 한민족의 철학이 봉황새라면, 이것은 봉황새가 앉았다가 날아간 자리에 떨어진 깃털 한 개에 불과합니다. 그리고 한사상, 붉사상이라는 것은 숭례문이 불탄 자리에 나뒹구는 깨진 기와 한조각과 같은 것입니다.

지금은 한민족의 철학이 완벽하게 소멸이 되었습니다. 이미 1200여 년 그 이전에 거의 소멸된 것이 확실하니 지금 남아 있을 턱이 없습니다. 소멸된 한민족의 철학은 과연 어떤 모습, 어떤 내용이었을까요.

한민족의 빛철학

이제 소멸된 한민족의 철학을 찾아서 여행을 떠납니다. 철학의 구성은 세모꼴입니다. 1. 헌법, 2. 법률, 3. 시행령. 이 모습을 철학에 대비시켜 한 번 더 그림으로 봅니다.

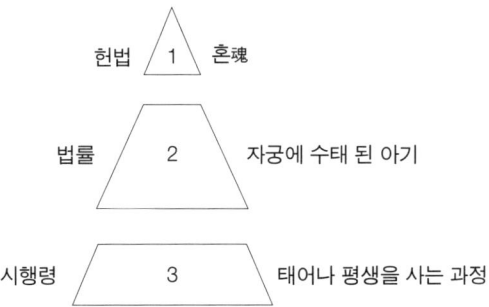

헌법 / 1 \ 혼魂

법률 2 자궁에 수태 된 아기

시행령 / 3 \ 태어나 평생을 사는 과정

그러면 먼저 맨 처음의 혼魂을 찾아서 여행을 떠납니다.

1. 혼魂의 탄생

우주에는 수없이 많은 별들이 있습니다. 별들은 모두 스스로 자성을 지니고 원圓운동을 합니다. 원운동을 하면 원심력과 구심력이 생겨납니다. 원심력과 구심력은 에너지이며 이 에너지는 파장으로 존재합니다. 우주는 에너지 파장으로 가득합니다. 에너지 파장은 도·레·미·파·솔·「라」의 소리를 계속 냅니다. 우주는 「라」 음으로 가득합니다.

에너지 파장은 모든 별들이 만들어냈으며, 이 에너지 파장은 서로에게 영향을 주고받으며 존재합니다. 에너지 파장이 서로에게 주고받는 영향력이 없다면 에너지는 쉽게 고갈되고 말 것입니다. 에너지의 파장을 주고받을 수 있기 때문에 별들은 원심과 구심력을 유지하여 영원히 운동할 수 있습니다. 우주는 공생共生의 모범 전시장입니다.

이 우주 에너지 파장을 한민족의 철학을 만든 빛사람들은 「볼」이라고 불렀습니다. 「볼」 안에는 「볼·붙·벌·받」이 들어 있

습니다. 이것은 우주 에너지의 파장이 운동하는 모습을 나타낸
것입니다.

　본- 우주 에너지의 파장.
　볼- 우주 에너지의 파장이 1차적으로 보풀어 오른 현상.
　분- 우주 에너지의 파장이 보풀어 오른 뒤 한번 더 부풀어 오
　　　른 모습.
　번- 보풀고, 부풀어 난 뒤 다시 뻗어 나간 상태.
　받- 우주에너지의 파장이 보풀어 오르고 부풀어 오른 뒤, 다시
　　　뻗어 나간 것을 모두 받아 갈무리하는 현상.

　이 모습을 그림으로 봅니다.

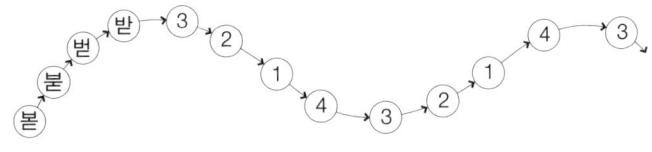

본의 에너지 파장운동

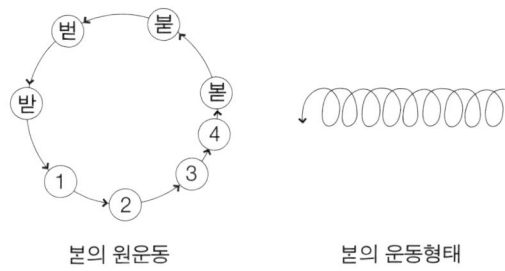

본의 원운동　　　　　　본의 운동형태

　우주 에너지의 이름이 「본」이며 「본」이 파장으로 운동할 때, 운동의 변화 마디마디의 이름이 「볼·분·번·받」입니다. 우주 에너지는 파장으로 보풀어오른 뒤, 부풀어 나고, 다시 뻗어난 뒤, 받아서 처음의 상태로 돌아와 보풀고, 부풀고, 뻗고, 받는 운동을 반복합니다. 이것이 우주 에너지의 존재 양태입니다.

　우주 에너지인 「본」이 반복적으로 부풂과 잦아짐의 물리적 순환운동을 하다가 가장 적합한 상태에 이르렀을 때 화학적 변화를 일으킵니다. 우주 에너지가 물리적 상태에서 화학적化學的인 변화를 일으키는 순간, 「본」은 「빛」으로 바뀝니다. 이것을 다시 간략하게 정리해 봅니다.

　본→볼→분→번→받의 물리적 순환운동

본→볻→붇→번→받→빛으로 화학적 변화

「본」의 물리적 운동에서 화학적 변화로 전이하는 순간 탄생한 「빛」이 생명체의 시원始原인 혼입니다. 지금은 혼이라고 말하지만 한문이 만들어지기 전엔 빛이라고 했습니다. 이제부터 혼을 빛이라 합니다.

빛魂의 모태이며 근본인 우주 에너지인 「본」은 소리 없이, 모습 없이, 끊임없이, 한결같이 우주의 생명체를 고루 탄생하게 하고, 성장케 하고, 숙성시켜서 유지하게 합니다. 우주 에너지 「본」은 영원하며, 「본」을 모태로 한 생명체의 빛魂도 영원합니다.

2. 빛魂의 구조

빛魂은 파장으로 운동하며 셋으로 구성되어 있습니다. 빛의 구성원은 초록빛+파랑빛+빨강빛 셋이며, 셋의 구성 비율은 모두 33.33…3%×3=99.99…9%며 나머지 0.00…1%는 빈틈으로 되어 있습니다. 빛魂의 구성원인 삼원빛도 중요하지만 빈틈도 중요합니다. 삼원빛 구성원은 빛魂으로 존재하게 하지만 빈틈은 빛魂

을 생존하게 하기 때문입니다. 비율로 보면, 구성원 99.99…9%
대 빈틈 0.00…1%지만 존재와 생존의 가치로 보았을 때 한 값으
로 중요합니다.

빛魂의 구성원은 삼원빛이지만 운동을 하고 있는 동안은 투
명한 하양빛입니다. 생명체의 시원인 빛魂은 이 우주에 존재하는
어떤 별보다 더 아름답습니다. 별 가운데 초록과 파랑과 빨강빛
으로 구성된 별은 없습니다. 별보다 더 아름다운 빛魂을 가진 것
이 생명체며, 그 가운데 하나가 사람입니다. 빛魂의 구조를 간략
한 그림으로 봅니다.

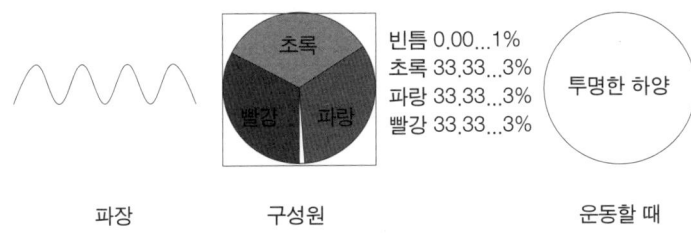

빈틈 0.00…1%
초록 33.33…3%
파랑 33.33…3%
빨강 33.33…3%

초록

빨강   파랑

투명한 하양

파장   구성원   운동할 때

3. 빛魂의 운동

　빛魂은 언제나 왼쪽 방향으로 운동합니다. 빛의 운동이 생기는 원인은 빛魂의 구성원인 삼원빛이 각기 다른 방향으로 운동하려고 하는 본능 때문입니다. 빨강빛은 위로 치고 올라가는 운동성이 근본이며, 파랑빛은 아래로 내려가려는 본능이 근본 운동성입니다. 초록빛은 위로 올라가거나 밑으로 내려가기를 거부하며 오로지 지금, 이곳에 있으려는 본능을 가지고 있습니다.

　빛魂의 구성원 셋이 제각각의 운동 본능 때문에 원심력과 구심력의 효능을 잘 이끌어 주며, 빛의 운동은 언제나 원圓을 유지할 수 있습니다. 이것을 그림으로 봅니다.

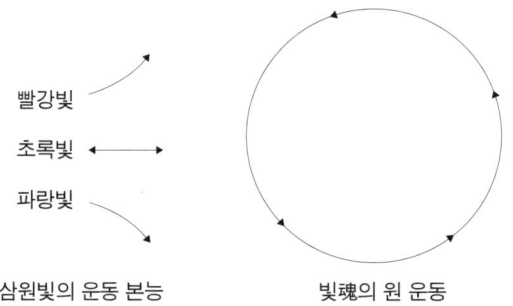

빨강빛

초록빛

파랑빛

삼원빛의 운동 본능　　　　　　　빛魂의 원 운동

빛魂은 구성원인 삼원빛이 각기 33.33…3%의 비율이 정확하게 균형이 맞았을 때만 100%의 원운동과 100%의 순백純白의 상태로 있을 수 있습니다. 만약, 빨강빛이나 파랑빛, 초록빛으로 1%만 편중 된다면 빛魂은 1% 비뚜러진 타원의 상태로 운동하게 되며, 순백의 상태에서 조금 붉거나, 푸르거나, 파랑빛 상태가 됩니다. 가장 온전한 빛魂의 상태는 100% 원운동을 하는 100% 순백 상태입니다.

빛魂의 파장이 거칠어져 높을 때 원운동은 크게 만들어지며, 파장이 잔잔하게 낮을 때 원운동은 작게 만들어집니다. 빛魂은 같은 높낮이 파장운동을 하는 빛끼리 교감하며, 이것을 한 울림이라고 합니다.

빛魂은 허공에서 끊임없이 반복적으로 원운동을 하다가 운동의 포화상태에 이르렀을 때, 지상地上에서 육체를 지닌 생명체와 파장이 일치하는 순간 생명체의 자궁에 수태를 합니다. 수태하는 순간, 빛魂은 하늘에서 살았던 한 마디의 삶이 마감되고 지상에서 육체를 지닌 생명체로서 새로운 마디의 삶을 시작하게 됩니다.

지금까지 설명한 것이 한국철학에서 헌법에 해당하는 빛魂의 얘기였습니다. 다음은 법률에 해당하는 얘기를 합니다.

4. 빛魂의 알(卵)

빛魂이 허공에서 엄마 자궁에 수태되는 순간, 엄마 자궁에서 일어나는 현상입니다.

엄마 자궁에서 난자卵子가 나와 기다립니다. 난자라고 하는 말은 「알」 란卵과 「아들」 자子입니다. 「알」은 말 그대로 생명체의 알이며, 「아들」은 「알+움」입니다. 「알이 움트다」와 「알을 움트게 하다」라는 뜻이 합쳐진 말입니다. 이 말들을 종합하면 난자는 「생명의 알이며, 알을 움트게 하는 것」입니다.

지금 난자가 기다리고 있는 것은 허공에 있는 빛魂과 정자精子입니다. 빛魂은 원운동의 포화상태가 되어 언제든지 난자와 화학적 변화를 할 준비가 되어 있으니 정자만 도착하면 됩니다.

정자의 말뜻을 살펴보면, 정할 정精과 아들 자子입니다. 아들이라는 말이 「알이 움트다」와 「알을 움트게 하다」라고 했으니, 정자는 「알을 움트게 하는 정한 그 무엇」입니다. 정자는 난자와 빛魂의 화학적 변화를 중개하는 용매溶媒입니다.

기다리던 약 1억 개의 정자가 달려옵니다. 서양 사람들의 관점으로는 1억 개의 정자들이 서로 1등을 하려고 경쟁을 한다고 보지만, 본래는 험난한 산성酸性의 늪을 생존하여 무사히 통과하기 위한 협동부대들입니다. 누가 1등을 하든 상관없습니다. 1억 개의 정자 가운데 1개만 살아서 난자에 도달하면 된다는 공동의 생각으로 달려가는 공생공존 집단체입니다.

난자는 1등으로 도착한 정자를 무조건 받아 주지 않습니다. 엄격한 심사를 합니다. 여러 개의 정자 가운데 난자와 품격品格이 거의 일치하는 정자를 받아 줍니다. 품격이 일치하는 정자가 있어서 난자가 선택을 하면 수태가 되고, 품격이 맞지 않아 난자가 문을 열어 주지 않으면 수태가 되지 않습니다.

엄마 자궁은 하늘의 빛魂과 이 땅의 정자와 난자, 각기 다른 성질의 셋이 하나로 합쳐져 생명이 만들어지는 가장 아름답고 엄격한 화학공장입니다. 생명체의 탄생은 빛魂과 정자와 난자의 품격이 일치했을 때 가능하며, 그것을 주도하는 것은 난자입니다. 난자의 주도로 하늘의 빛魂은 엄마 자궁에 잉태합니다. 빛魂은 생명체의 알卵로 변환하여 생명체의 몸을 갖추는 일을 준비합니다.

엄마 자궁에 잉태한 빛魂은 파장운동의 높이가 올라가기 시작합니다. 눈에 보이지 않게 존재하던 빛魂은 이제 파장운동의 높이에 따라 변화하여 액체도 아니며, 기체도 아니며, 고체도 아닌 에테르 상태가 되어 분열을 준비합니다.

빛魂은 초록빛+파랑빛+빨강빛 셋으로 구성이 되어 있습니다.

엄마자궁에 잉태는 되었지만 엄마가 잉태한 상태를 감지할 수 없는 기간 동안 삼원빛은 분열을 시작합니다. 삼원빛이 각기 셋으로 분열을 거듭합니다. 이 기간 동안에 분열한 것을 현대과학에서 「줄기세포」 또는 「간세포」라고 합니다. 줄기세포 또는 간세포의 숫자가 약 10만 개라고 합니다. 약 10만 개의 줄기세포가 분열을 하고 나면 그때 삼원빛은 삼원빛살로 변화합니다. 삼원빛은 초록+파랑+빨강빛입니다. 삼원빛살은 초록빛이 노랑빛갈로 변화하여 파랑+빨강빛살과 함께 있게 됩니다. 삼원빛으로 있는 동안은 빛魂의 상태며, 초록빛이 노랑빛갈로 변화하여 파랑+빨강빛갈과 함께 삼원빛살이 되는 순간부터 살이 됩니다. 살을 세포細胞라고도 합니다. 빛魂은 엄마 자궁에서 세포분열과 통합을 반복하며 생명체로서 몸 조직을 만들어 가고 있습니다.

5. 빛魂의 살

빛魂이 빛알이 되고 다시 빛살이 되어 빛살의 분열이 계속됩니다. 노랑, 파랑, 빨강빛갈이 셋씩 분열하여 다시 빛살로 모입니다. 빛魂의 파장은 점차로 높아지며, 파장의 높이에 따라 빛살의 분열은 가속이 생겨납니다. 계속 분열하고 통합하며, 또 분열하고 통합합니다. 셋으로 분열하고 하나로 통합하기를 반복합니다.

드디어 빛살은 약 열 달 만에 약 60조 개의 빛살로 분열이 완성됩니다. 엄마 자궁의 생명체는 긴 여행을 마치고 새로운 여행을 위하여 이 세상으로 나올 준비를 시작합니다. 정말 긴 여행이었습니다. 빛魂은 파장으로 존재하며 엄마 자궁에 도착하기 위하여 얼마나 오래 기다렸는지 모릅니다. 100년, 어쩌면 600년인지도 모릅니다. 엄마의 자궁은 빛과 정자와 난자가 만나 화학변화를 이루어 내는 아름다운 공장이며 또 함께 하늘과 이 땅을 연결하는 긴 터널이기도 합니다. 얼마나 긴 터널인지 약 열 달 동안 달려야 통과할 수 있습니다.

빛魂은 긴 여행을 하는 동안 형태의 변화를 겪습니다. 빛은 파장(∽)의 형태에서 엄마의 자궁에 잉태하며 빛알로 변화하면서 원(○)이 되고, 빛알이 빛살로 세포분열을 하면서 세모(△)로 형태가 바뀝니다.

빛은 여행하는 동안 호칭도 바뀝니다. 빛→빛알→빛살로 변화하면서 여기까지 왔습니다. 지금까지의 형태와 호칭의 변화가 끝이 아닙니다. 빛魂은 새로운 형태와 호칭으로의 변화가 기다리고 있는 이 세상으로 출발합니다.

6. 빛魂의 몸

빛魂이 긴 여행 끝에 아기로 탄생했습니다. 아기는 빛의 파장 높이가 확장하는 만큼 성장할 것입니다. 아기는 소년→청년→장년→노년의 마디를 거쳐 다시 빛魂으로 돌아갈 것입니다.

아기가 소년에서 노년을 거쳐 빛魂으로 돌아가는 동안 치러야 하는 의식儀式이 있습니다. 태어나면 대문에 내거는 빛줄, 백일, 돌잔치, 성인식, 혼례식, 환갑잔치, 장례식의 의식을 거친 후 빛으로 환원이 됩니다.

아기가 소년→청년→장년→노년의 삶을 살아 내려면 많은

숙제를 해결해야 합니다. 몸이 건강해야 하고, 나를 안 뒤에 너·우리·모두를 알아서 나와 너·우리·모두의 관계를 어떻게 조율하고, 그 속에서 있는 듯 없는 듯 존재하여 때로는 밑에서 때로는 위에서 리더십을 어떻게 발휘할 것인가를 알아야 합니다.

이런 수없이 많은 외부의 숙제와 나의 내면에서 일어나는 희·노·애·락의 느낌들을 얼마만큼, 어떻게, 어떤 빛깔로 드러내고 무화無化시켜야 하는지 조율을 해야 하는 숙제도 있습니다. 이런 많은 숙제들은 빛魂이 몸으로 변환하여 이 세상에 오는 날부터 빛魂으로 환원되는 그날까지 이어집니다.

수없이 많은 숙제를 해결하기 위한 해답이 빛魂의 구성과 운동과 변화에 있습니다. 빛魂의 구성과 운동과 변화는 일목요연하게 볼 수 있을 만큼 간결합니다. 무게로 따지면 1g이며, 숫자로는 한 개이며, 구성은 셋뿐이기 때문입니다. 빛魂이 몸으로 변환하면 처음 태어나도 3000g이며, 한 개의 몸 속에는 약 60조 개의 살알들이 있습니다. 1g을 관찰하고, 셋을 관찰하기가 쉽습니다. 3000g을 관찰하고, 약 60조개의 살알들을 관찰하기는 어렵습니다. 빛과 살알들과 몸은 하나입니다. 빛魂을 잘 관찰하면 약 60조 개의 세포와 몸을 알 수 있습니다. 빛魂을 잘 알게 되면 변화무쌍

한 삶의 숙제를 쉽게 풀 수 있습니다.

빛魂에서 빛알→빛살→빛몸으로 변화하는 과정, 빛이 빛몸으로 이 땅에 탄생하는 여행 경로를 통하여 알게 된 내용을 삶의 방법에 접목시키면 단순하고 명쾌하게 살아갈 수 있기 때문입니다. 이제부터 빛에서 빛몸까지 변화하는 과정에서 생겨나는 화학적·물리적 현상들을 살펴보겠습니다.

7. 빛魂의 변화와 현상들

(1) 빛魂

우주宇宙의 에너지를 「본」이라고 합니다. 「본」은 파장으로 존재하며, 파장운동은 마디와 마디로 연결이 되는데 마디의 이름이 ① 본, ② 분, ③ 번, ④ 받입니다. 이것을 그림으로 봅니다.

「본」이 운동을 반복하다가 포화상태에 이르렀을 때, 여러 가지의 조건이 맞아 떨어지면 생명체의 시원始原인 빛魂으로 변화합니다. 빛魂은 「본」에서 나왔으므로 파장운동으로 존재합니다. 빛魂의 구성은 「초록+파랑+빨강빛」으로 각기 33.33…3%씩, 0.00…1% 빈틈으로 이루어져 있으며, 파장운동을 하는 빛魂은 투명한 하양빛입니다. 빛魂은 같은 등급의 파장운동을 하는 것과 교감을 하는 본능을 가지고 있습니다. 이 현상을 「빛魂·울림」이라고 합니다. 빛의 파장운동이 포화상태에 이루었을 때, 같은 등급의 파장운동을 하는 육체를 가진 생명체에 수태됩니다.

(2) 빛알

빛魂이 엄마의 자궁에 수태되어 빛살로 변화하기 전까지를 빛魂의 알, 생략해서 「빛·알」이라고 합니다. 빛알의 구성과 파장운동은 빛魂과 같습니다. 그러나 화학적 변화가 시작되어 고체도 액체도 기체도 아닌 에테르 상태입니다.

빛魂이 빛알로 화학적 변화를 할 때, 빛魂은 「마음(心)」으로 변화합니다. 마음은 스스로 의지를 구체화시키는 기초입니다. 마음이 생겨나고 파장이 높아지기 시작하면 빛魂은 분열을 시작합

니다. 빛살이 되기 바로 전까지 분열한 것이 「간·세포」, 「줄기·
세포」입니다.

간세포, 줄기세포는 다음에 세포를 만들어 내는 세포이니
「모母세포」라고 부르는 것이 옳습니다. 빛알의 파장운동 폭이 점
점 더 올라가기 시작합니다. 다시 한 번 변화할 때입니다.

(3) 빛살

빛알이 한 번 더 변화한 것을 빛魂의 살, 생략해서 「빛·살」이
라고 합니다. 빛살로 전환하면 마음은 「느낌」으로 변화합니다.
기초적인 희·노·애·락을 느끼기 시작합니다.

빛·빛알은 파랑+초록+빨강의 삼원빛이지만 빛살은 노랑+파
랑+빨강의 삼원빛살입니다. 삼원빛이 합쳐지면 하양빛이며, 삼
원빛살이 합쳐지면 까망빛살이 됩니다. 빛魂과 빛알은 하양빛=
정신이며, 빛살은 물질입니다. 이제 빛魂은 정신만으로 존재하다
가 물질까지 함께 갖추게 됩니다.

빛과 빛알은 원圓의 모습이며, 그 원 형태 속에 셋으로 구성되
어 있으나 물질이 아니므로 셋으로 선을 그어서 나누어져 있지
않았지만, 빛살은 물질이므로 원圓안에 삼원빛살이 함께 있기 때

문에 확연한 셋으로 구분되어 세모꼴의 형태로 존재합니다. 이
것을 그림으로 봅니다.

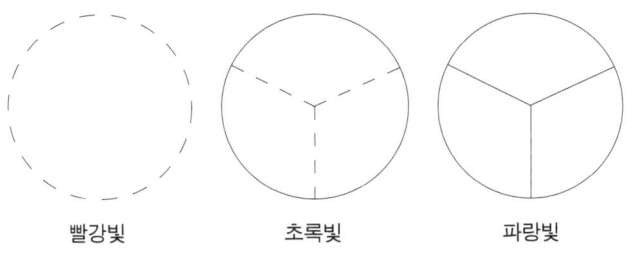

빨강빛   초록빛   파랑빛

(4) 빛몸

빛魂이 정신과 물질을 갖추고 태어난 것을 빛魂의 몸, 생략하
여 「빛·몸」이라고 합니다. 빛몸이 되면 「느낌」은 「생각」으로 전
환하여 언제든지 빛몸을 통하여 「언·행言行」으로 표현할 수 있
게 됩니다. 생각이란 말이 날 생生, 느낄 각覺이니 「느낌이 나왔
다」는 말입니다.

빛몸은 네모꼴로 나타납니다. 네모꼴이 빛과 빛알의 원圓과
빛살의 세모꼴을 포용하기에 가장 적합하고 안정적이기 때문입

니다. 빛몸이 태어나면서 일어나는 가장 큰 변화는 「숨결」이 생긴다는 것입니다. 빛살로 엄마의 자궁에 있을 때 「숨」은 있지만 숨을 입 밖으로 내쉬고 들이쉬는 들숨날숨은 없습니다. 태어나자마자 시작하는 것이 호흡입니다. 호흡은 「숨의 결 운동」입니다. 파장의 우리말이 「결」입니다.

숨결은 빛魂의 파장운동이 화학적 변화로 변환된 것입니다. 빛의 파장운동을 우리말로 하면 「빛의 결」, 생략해서 「빛·결」이, 라고 합니다. 빛결과 숨결은 현상은 달라도 같은 것입니다.

태어난 빛몸은 빛결의 상승에 따라 숨결도 높아지며 함께 성장할 것입니다. 지금까지 얘기한 것을 다시 한 번 간결하게 정리하여 보겠습니다.

1. 빛魂
● 빛魂의 원료는 우주에너지인 「볻」이다.
● 빛魂은 「볻」과 같은 파장운동을 하며 「라」 음音으로 존재한다.
● 빛魂은 항상 왼쪽으로 운동한다.
● 빛魂은 삼원빛 초록+파랑+빨강과 빈틈으로 구성되어 있

으며 비율은 삼원빛 99.99…9%와 빈틈 0.00…1%이다.

● 빛魂이 운동할 때는 하양빛이다.

● 빛魂은 같은 등급과 반응·교감하여 모여든다. 이 현상을 「빛·울림」이라고 한다.

2. 빛魂의 알

● 빛魂이 1차로 변화하여 엄마의 자궁에 수태한 것이다.

● 빛알은 에테르의 상태다.

● 빛알은 삼원빛초록+파랑+빨강+빈틈이 구성원이며 원圓이다.

● 빛魂은 빛알로 변화하면 「마음」이 생기기 시작한다.

3. 빛魂의 살

● 빛魂이 2차로 변화한 현상이다.

● 빛알이 에테르의 상태에서 물질로 전환한 것이다.

● 빛살은 노랑+파랑+빨강의 삼원빛살로 구성되어 있다.

● 빛살 가운데 초록+파랑+빨강의 삼원빛살을 간세포, 줄기세포라고 한다.

- 빛살은 셋으로 분열하여 하나로 모이고 또 셋으로 분열하여 하나로 모이는 운동을 세포가 약 60조 개가 될 때까지 반복한다. 빛알에서 빛살로 변화되면 「느낌」이 생겨난다.
- 빛살의 형태는 세모꼴이다.

4. 빛몸

- 빛魂이 파장운동의 존재에서 입체적인 존재로 이 세상에 태어난 빛魂의 3차의 변화 현상이다.
- 빛몸 안에는 빛魂과 빛알과 빛살이 내장되어 있다.
- 빛몸으로 태어나면서 느낌을 생각으로 실현하여 언행으로 표현할 수 있다.
- 빛魂이 빛몸으로 현상화되면 빛魂의 결, 파장이 숨결로 나타난다.
- 빛몸은 네모꼴로 형성된다.

위에 설명한 것을 다시 도표와 그림으로 단순화시켜 봅니다.

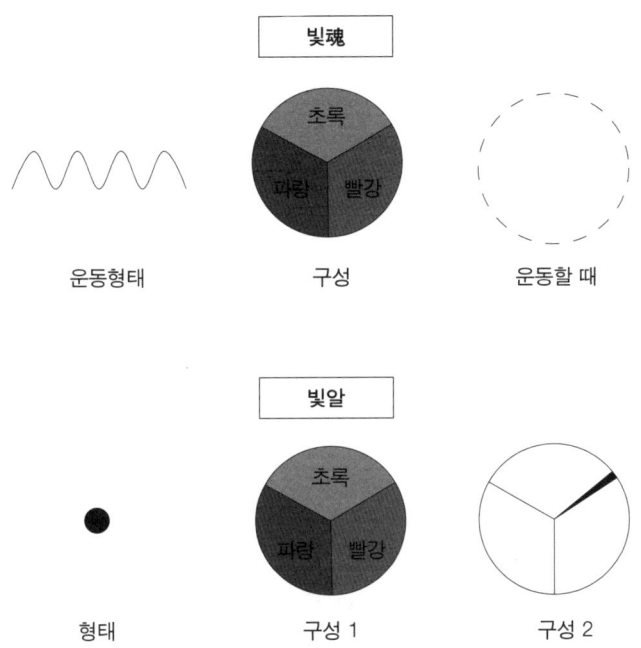

빛魂

운동형태　　　　　　구성　　　　　　운동할 때

빛알

형태　　　　　　구성 1　　　　　　구성 2

지금까지 설명한 빛魂에서 빛몸까지 변화하는 실상과 현상들

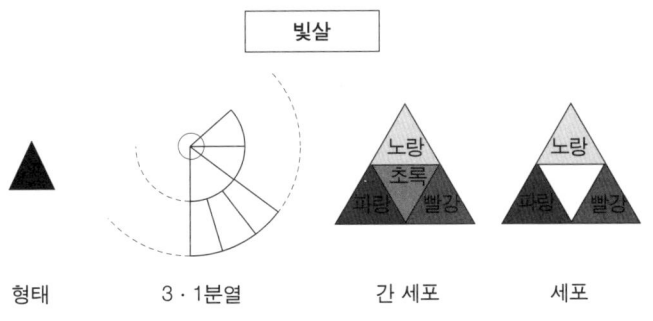

빛살

형태　　　3·1분열　　　간 세포　　　세포

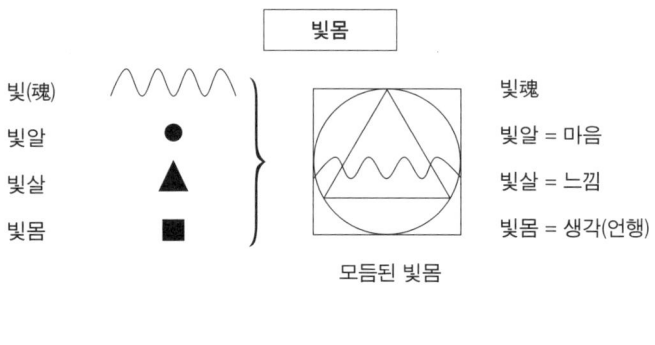

빛몸

빛(魂)
빛알
빛살
빛몸

모듬된 빛몸

빛魂
빛알 = 마음
빛살 = 느낌
빛몸 = 생각(언행)

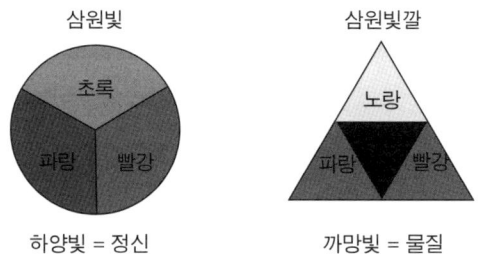

삼원빛

초록

파랑   빨강

하양빛 = 정신

삼원빛깔

노랑

파랑   빨강

까망빛 = 물질

이 빛철학의 원료이며, 최치원이 찾아 헤맸던 현묘지도의 모습입니다. 이것은 빛철학의 원료일 뿐 아니라 현재 존재하는 진리의 기준이며, 진리의 본래 모습이며, 문화·언어·철학의 원료입니다. 현재의 모든 것들(문화, 학문)은 이것의 응용이거나 희석된 모습들입니다. 빛魂을 주主학문으로 삼았다면 간편할 것을 빛몸과 빛몸의 움직임을 주±학문으로 삼으니 복잡해졌습니다. 지금 학문은 학자들만의 학문입니다. 빛魄을 주±학문으로 삼는다면 간단해서 보통사람들도 모두 학자급의 생명체의 지식을 쌓을 수 있습니다. 다음에는 빛魄의 존재와 변화 원리가 어떻게 사람이 사는 세상에 응용되어 어떤 이론과 어떤 형태로 쓰였는지 살펴봅니다.

빛이 땅에 서다

이 지구에는 온갖 생명체들이 몸을 가지고 살아갑니다. 태어나 몸을 가지고 살아가는 생명체들은 모두 빛魂의 변화를 거쳐 몸을 지니게 되었다는 공통점이 있습니다. 빛魂의 물리적·화학적 변화 끝에 몸으로 현신現身하였으며, 우주의 「본」이 태생의 원료며, 다소의 차이는 있지만 느낌과 운동은 같으니 이 땅에서 모두 함께 살아가야 할 생존권의 평등한 권리가 있으며, 느낌이 섬세한 생명체는 함께 평등하게 살아가도록 배려해야 할 의무가 있습니다.

지구상의 모든 생명체들은 눈에 보이지 않게 존재하던 빛魂의 상태에서 눈에 보이는 몸의 상태로 왔습니다. 빛魂이 하늘에서 이 땅에 임하였습니다. 이 땅에 서게 된 것입니다. 이 세상에서 가장 아름답고 외경스러운 현상입니다. 세상에서 생명이 태어나는 것처럼 아름답고 외경스러운 일이 없습니다. 이 땅은, 이 세상은 생명이 태어나 노는 곳이니 가장 아름답고 외경스러운 곳입니다.

이 땅 생명체들이 모두 한 값으로 아름답고 평등하지만, 사람이 그 가운데에서 느낌이 구조적으로 깊습니다. 느낌이 괜찮은 생명체는 이 땅 생명체가 평등하게 살아가도록 배려해야 할 의무가 있으니 그가 곧 사람입니다.

사람이 지구상의 생명체가 평등하게 살 수 있도록 배려하는 역할을 하려면 사람의 본성本性을 옳게 알아야 합니다. 본성을 알아서 늘 건강하고 온화해야 합니다. 그러나 건강하게, 늘 온화하게 유지하는 것이 쉬운 일이 아닙니다. 쉽지 않아도 해야 합니다. 사람이 거칠고 험해져서 느낌이 하등동물처럼 되면, 배려자에서 파괴자로 바뀝니다. 지구와 지구상 모든 생명체의 생존을 위하여 사람은 힘들어도 일상에서 온화함을 유지해야 합니다.

온화함을 유지하기 위하여 사람의 본성과 구조와 물리적·화학적 변화와 운동성을 다시 살펴봅니다. 이것이 철학哲學이 만들어졌던 이유였으며, 이것을 예로부터 얘기하여 전해져 온 것이 현묘지도, 풍류지도였습니다.

1. 사람

(1) 희·노·애·락

모든 생명체들은 희_喜·노_怒·애_哀·락_樂을 느끼며 살아갑니다. 그 가운데 사람이 희노애락을 깊고, 넓고, 섬세하게 느낍니다. 사람은 희노애락을 섬세하게 느끼기 때문에 삶이 윤택하고 풍성하기도 하지만, 또한 그 이유로 삶이 고통스럽고 힘들어서 파멸에 이르기도 합니다. 양날의 칼이며 사람의 모순이기도 한 희노애락은 어디에서 오는 것일까요?

사람이 빛_魂으로 우주에 존재할 때 형태는 파장입니다. 파장은 우주에서 유영할 때 막힘이 없습니다. 어디든지 오가며, 무엇이든 통과하여 허허롭게 파장의 현재 높낮이 운동 상태를 유지할 수 있습니다.

파장의 구성체는 초록빛과 파랑빛, 빨강빛입니다. 파장운동의 높낮이가 한결같다는 것은 구성체인 초록+파랑+빨강빛의 균형이 한결같이 유지되고 있다는 증거입니다. 만일 파장의 구성체 가운데 빨강빛으로 1% 편중되어 균형이 깨어진다면, 빛_魂의 파장운동 폭은 올라갑니다. 빛_魂의 구성체며 파장운동을 만드는 초록+파랑+빨강의 삼원빛이 희노애락의 원료입니다.

초록빛은 평온, 담담함입니다.

파랑빛은 우아함, 애틋함, 여운입니다.

빨강빛은 분노, 기쁨, 즐거움, 질투입니다.

빛魂으로 있을 때는 파장으로 존재하기 때문에 막힘이 없어서 초록+파랑+빨강빛의 단순한 세 가지 감정이 드러나지 않은 채 존재할 수 있습니다.

그러나 빛魂이 엄마 자궁에 잉태하면 삼원빛은 삼원빛살로 변화하여 약 60조 개의 살알로 분열합니다. 이 현상은 단순하던 세 가지의 감정이 분화하여 약 60조 개의 감정으로 세분화되었다는 뜻입니다. 빛魂으로 있을 때 세 가지로 단순하던 감정이 약 60조 개의 감정으로 분화하였으니 대단히 복잡한 희노애락의 백화점이 되어 버렸습니다.

게다가 더욱 곤란해진 것은 빛魂으로 있을 때의 존재는 파장이었기 때문에 운행에 막힘이 없었지만, 몸으로 태어나면서 형체가 생겨서 운행에 제약이 많다는 점입니다. 막힘이 없을 때는 감정이 숨어 있지만 막힘이 있을 때는 감정이 드러납니다.

세 개의 감정과 파장으로 존재하던 상태에서 약 60조 개의 복잡한 감정과 어디를 가도 막힘이 있는 몸의 상태로 변화한 사람의 삶은 힘이 들 수밖에 없습니다. 사람의 구조로 볼 때, 희노애락 조율에 실패하여 균형을 잃어버리는 것은 당연한 것이며, 이런 구조를 지니고도 감정의 균형을 유지하여 유유자적하게 사는 사람은 훌륭하고 감탄할 만한 사람입니다.

그러나 우리는 희노애락의 조율에 실패하여 조금이라도 주위에 폐를 끼치는 사람은 몹쓸 사람이며, 유유자적하게 평온을 유지하여 사는 사람은 평범하게 봅니다. 그렇게 생각하니까 이 세상의 모든 사람들은 흉볼 사람과 보통의 사람만 있게 됩니다. 그러나 사람의 빛魄과 변화와 얼개를 알게 된다면, 감정 조율에 실패한 사람은 보편적인 사람이며, 감정 조절에 성공하여 평온하게 사는 사람은 찬란한 사람, 감탄할 만한 사람이라는 것을 알게 됩니다. 이 세상에 흉볼 사람은 하나도 없고 찬란한 사람만 있다는 것을 아는 순간, 이 세상은 찬란하고 감탄하며 살아가도 충분하다는 것을 느끼게 됩니다. 이 세상은 찬란하고 감탄할 거리가 가득한 세상입니다.

(2) 삶의 속도

빛魂으로 존재할 때의 파장은 엄청난 속도를 가지고 있습니다. 지구를 1초에 몇 바퀴를 돌 만한 속도이니 전지전능한 능력입니다. 그런 전지전능의 속도를 지닌 빛魂의 소원이 몸으로 태어나는 것입니다.

그것은 전지전능의 빛魂은 속도가 빠르고 어느 곳이나 자유롭게 오가고 넘나들 수 있지만, 관념觀念밖에 없기 때문입니다. 몸이 없기 때문에 느낌을 실현할 수 없습니다. 느끼기만 할 뿐, 만지거나, 맛보거나, 안거나, 말하거나, 무엇을 만들어 낼 수 없습니다. 사실적인 실체가 없습니다. 그래서 빛魂의 소원이 느낌을 사실적인 실체로 창조할 수 있는 몸을 갖는 것입니다. 우리가 몸으로 이 세상에 태어난 것은 빛魂이 소원을 이룬 최고 기쁨의 순간입니다.

그러나 몸으로 태어난 사람들은 빛魂이었을 때 최고의 소원이 무엇이었는지 잊고 맙니다. 그것이 사람이 이 세상을 살아가면서 맞이하는 많은 슬픔과 고통의 씨앗입니다. 그러나 아직까지 깨닫지 못하고 있습니다. 느림의 삶입니다.

아기들이 걷기 시작하면 그냥 갑니다. 높고 낮은 곳, 물이나 덤불 속에도 그냥 갑니다. 그것은 아직도 자신이 빛魂의 파장 상태여서 공간 유영이 가능한 전지전능 상태인 것으로 착각하기 때문입니다. 성장하면 공간 유영을 하는 전지전능한 능력이 없다는 것을 알게 되지만, 그것을 알게 된 순간부터 하늘을 나는 새와 물고기들의 물속 유영을 부러워합니다.

사람들은 더 높이 날고 싶고, 더 멀리 뛰고 싶고, 빠르게 달리고 싶어 합니다. 그 소원의 집합체가 올림픽 경기입니다. 올림픽이야말로 사람이 빛魂이었을 때의 최고 소원이 무엇이었는지, 그 소원이 이루어진 지금 사람이 얼마나 찬란한 것인지 잊어버린 증거입니다. 그러나 사람의 구조를 조금만 생각해 본다면, 태어난 까닭을 조금만 생각해 본다면 공간을 더 높이, 더 멀리, 더 빠르게 달리지 않아도 충분하고 행복하게 살 수 있습니다.

원자原子는 1초에 10^{15}의 횟수로 파동친다고 합니다. 속도로 계산하면 나의 수학 능력으로 가늠이 되지 않는 빠른 속도입니다. 분자分子는 1초에 10^{10}의 횟수로 떤다고 합니다. 10에 동그라미가 10개 더해진 것이니 100,000,000,000번 파동을 칩니다. 이 속도도 대단합니다. 세포細胞는 1초에 7번 파동을 친다고 합니다.

빛魂을 원자라 하고, 엄마 자궁에 잉태한 순간의 빛알을 분자라 하면, 빛알이 전환한 빛살이 세포입니다. 사람의 몸 안에는 원자·분자·세포가 모두 있으며, 원자의 속도와 분자의 속도와 세포의 속도로 골라가며 살 수 있습니다.

2,000km 밖에 떨어져 있는 그리운 사람이 보고 싶습니다. 눈을 감고 그리운 사람을 생각하는 순간, 0.000001초 사이에 만날 수 있습니다. 원자의 상태로 만남이 이루어졌습니다. 이번엔 전화를 합니다. 그리운 사람의 목소리를 듣습니다. 분자의 상태로 만난 것입니다. 만나긴 했어도 실체적이지 않아 성이 차지 않습니다. 이번엔 그리운 사람을 찾아 나섭니다. 2,000km를 비행기로 며칠 걸려서 만납니다. 그리운 사람의 손을 잡고 따뜻한 체온과 숨결을 접합니다. 세포로 만난 것입니다. 완벽해진 것입니다.

이 세상에 태어난 사람은 하늘에 빛魂의 상태로 있는 사람보다 완벽합니다. 빛魂은 원자만 있지만 몸을 지닌 사람은 원자·분자·세포가 모두 있으니 완벽합니다. 완벽의 대가가 「느림」입니다. 평면의 삶에서 입체적인 삶, 관념의 삶에서 실체의 삶으로 전환한 대가라면 너무 작습니다. 다만 사람이 잊었을 뿐입니다.

「느림」의 가장 적합한 속도는 몸의 속도입니다. 숨차지 않을 만큼 걷는다면 1시간에 4~5km를 갑니다. 1시간에 4~5km를 유지하며 사는 속도가 몸을 가진 사람의 최적의 속도며, 삶입니다. 이 세상에 몸으로 태어난 사람은 최고의 소원을 이룬 사람이며, 최고로 수지맞은 삶을 사는 사람이며, 가장 완벽한 삶을 살아갈 조건을 갖춘 사람인 것입니다. 다만, 잊었을 뿐!

(3) 생각과 실천

수평 위에서 동그라미, 네모, 세모꼴을 각각 굴려 보면, 동그라미 꼴이 잘 구르고, 2등이 네모꼴, 3등이 세모꼴입니다. 동그라미 꼴이 생각, 네모꼴이 감동, 세모꼴이 실천입니다.

사람은 100가지를 생각하지만 그 가운데 3가지를 감동하기 어렵고, 100가지에 감동한다면 그 중 3가지를 실천하기 어렵습니다. 동그라미 꼴은 사람의 머리, 네모꼴은 몸통, 세모꼴은 골반입니다. 이것을 그림으로 봅니다.

사람은 생물학적으로 생각은 많이 하고, 감동은 생각보다 아주 적고, 실천은 감동보다 훨씬 적습니다. 말만 많고 실천은 하나도 못하는 것이 생물학적 관점에서 보면 정답입니다. 그러나 사람들은 그런 사람을 흉봅니다. 사실은 그런 사람들은 그냥 보편적인 사람일 뿐입니다. 생각은 적게 하고, 감동을 많이 받으며, 실천을 척척하는 사람은 특별하고 찬란한 사람입니다. 생물학적 관점에서 사람의 구조를 알게 되면 이 세상에서 흉볼 사람은 없어지고, 보편적 사람과 특별하고 찬란한 사람만 만나게 됩니다. 좋은 세상이 됩니다.

(4) 에너지

사람의 원료인 빛魂이 파장의 상태로 허공에 있을 때는 밥을 먹지 않고 존재했습니다. 빛魂은 스스로 발전해서 얻는 에너지와 우주 에너지를 적절히 교감하며 삶을 이어 갑니다. 빛魂이 스스로 발전할 수 있는 동력을 갖는 것은 빛魂의 구성원인 초록빛, 파랑빛, 빨강빛의 성질이 각기 다르기 때문입니다.

초록빛은 이곳에 있겠다고 고집을 부리며, 파랑빛은 밑으로 내려가겠다고 하며, 빨강빛은 위로 올라가려는 특성을 갖고 있습니다. 세 가지 각기 다른 특성이 균형이 잘 맞았을 때 원圓운동의 궤적이 생깁니다. 빛魂은 세 가지 각기 다른 성질을 합쳐 가진 에너지의 핵이며, 스스로 발전하는 핵고로核高爐이기도 합니다.

빛魂이 빛알·빛살로 전환하여 이 세상에 몸으로 태어나면 밥을 먹습니다. 빛魂으로 있을 때의 우주 에너지, 또는 자연 에너지의 순수한 에너지로만 몸을 유지하기가 힘들기 때문에 음식을 섭취하여 인위적 에너지를 넣어 줍니다. 그런데 사람은 우주 에너지, 자연 에너지의 존재는 이제 완전히 잊어버리고 먹어서 얻는 인위적 에너지, 화학 에너지 한 가지로만 살아간다고 생각합니다. 그렇게 생각하기 때문에 먹을 것, 먹는 것에 몰두합니다.

자연 에너지와 음식에서 얻는 인위적 에너지, 즉 화학 에너지 비율이 잘 맞아야 건강한 사람이 될 수 있습니다. 많이 먹어서 화학 에너지가 몸 안에 쌓이면 자연 에너지는 그만큼 몸 안에 들어갈 수 없습니다. 화학 에너지가 몸 안에 많이 들어가고 자연 에너지가 적어져 균형이 깨어지면 1차로 영향을 받는 것이 빛魂, 마음, 느낌이며 뇌와 뼈입니다. 느낌이 둔탁하고 거칠어집니다. 두 번째로 영향을 받는 것이 신경이며 그 후 오장들이 균형을 잃게 되어 병들게 됩니다. 세균에 감염이 되지 않은 채 무기력과 둔탁함이 이어지다가 병드는 것은 모두 자연 에너지와 화학 에너지의 불균형에서 옵니다.

사람의 몸에는 빛魄이 깃들어 있습니다. 빛魄이 깃들어 있다는 것은 빛魄의 3대 구성체인 초록+파랑+빨강빛이 함께 있다는 것입니다. 초록빛이 중성자, 파랑빛이 음성자, 빨강빛이 양성자입니다. 사람의 몸은 중성자와 음성자와 양성자를 하나로 융합하여 에너지를 핵으로 발전하는 자동장치가 있습니다. 사람의 몸을 믿는다면 100% 화학 에너지에 의존하지 말고 소식小食을 하여 자연 에너지가 유입될 공간을 만들어 주어야 합니다. 존재한다는 것은 에너지의 유지입니다. 소식을 하여 좋은 상태의 몸으로 존재하는 것이 사회에 기여하는 첫 번째 덕목입니다.

(5) 시간과 공간

사람이 빛魄의 상태로 허공에 있을 때는 파장으로 존재하기 때문에 시간과 공간이 필요가 없습니다. 그러나 빛魄이 몸으로 화化하여 이 땅에 오면 시간과 공간이 필요하게 됩니다.

시간에는 두 가지가 있습니다. 그리니치 천문대에 있는 시계를 기준으로 하여 세계 모든 사람이 사용하는 객관적인 시간이 있고, 사람마다 그가 놓여진 상황에 따라 천천히 가거나 빠르게 가는 주관적 시간이 있습니다. 사람이 살아가는데 있어서 객관적 시간은 잘 지키기만 하면 아무 문제가 없습니다. 그러나 주관적인 시간은 때때로 느낌에 따라 변화가 많기 때문에 사람이 평온하게 살아가려면 주관적인 시간의 느낌을 잘 조율해야 합니다.

주관적 시간은 느낌이 결정합니다. 그렇다면 느낌이 무엇인지 알아 보아야 합니다. 빛魂이 빛알로 변화하면 「마음」이 되고, 마음이 빛살로 변화하면 「느낌」이 되며, 몸으로 이 세상에 태어나면 느낌을 실현하는 「생각」으로 되고, 생각을 실천하면 「언행」이 됩니다. 이것을 다시 간결하게 정리해 봅니다.

빛魂이 움직이면 마음으로 전환되고 마음이 움직이면 느낌이 되고, 느낌이 포화상태에 이르면 느낌이 몸 밖으로 나오게 되는데 이것이 생각이며, 동시에 언행으로 사실화됩니다. 이 과정이 사람이 어떤 사물을 보았을 때 빛魂의 움직임이 밖으로 표현되는 과정입니다.

빛魂과 마음이 조급해지고 급하거나 화가 나기 시작하면 주관적 시간의 느낌은 길게 여겨지며, 빛魂과 마음이 평온하거나 즐거울 때면 주관적인 시간은 짧게 느껴집니다. 삶이 평온하고 즐겁게 느껴지려면 하루 24시간인 객관적인 시간이 5시간인 것처럼 주관적으로 느껴져야 합니다.

　주관적인 시간을 짧게 느끼려면 균형이 맞아야 합니다. 빛魂의 구성체가 초록+파랑+빨강빛이라 말했습니다. 삼원빛을 시간으로 대입하여 보면, 초록빛은 지금·여기·현재입니다. 파랑빛은 과거입니다. 빨강빛은 미래시간입니다. 초록빛으로 1%쯤 편중되어 균형이 깨어지면 현재만 있고 미래와 과거는 없습니다. 파랑빛으로 편중되면 과거만 있고 현재와 미래가 없으며, 빨강빛으로 편중되면 미래만 있고 현재, 과거의 시간이 없어집니다. 이것을 간략하게 정리해 봅니다.

빛魂의 구성

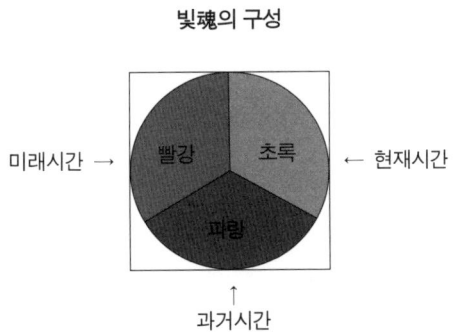

과거와 미래는 현재 살고 있는 사람의 느낌 속에 함께 있습니다. 현재, 과거, 미래시간이 적정하게 균형을 맞추지 못하면 삶이 망가집니다. 현재와 미래, 과거시간은 그네와 같습니다. 그네의 왼쪽 줄은 과거, 오른쪽 줄은 미래입니다. 과거와 미래의 시간 느낌이 균형이 맞았을 때 그네의 발판인 현재가 수평을 이룹니다. 발판이 수평일 때 그네 타기가 편합니다. 과거나 미래 어느 한쪽으로 편중이 되면 발판은 경사져서 그네 타기는 매우 불편합니다. 만약 미래 또는 과거로 함몰된다면 그네는 사라지고 외줄타기가 됩니다. 그림으로 봅니다.

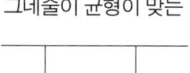
그네줄이 균형이 맞는

균형이 맞았을 때   불균형일 때   함몰되었을 때

빛·마음·느낌의 균형이 잘 맞아 있어야 주관적 시간을 짧게 느껴 삶이 즐거우며, 주관적 시간의 느낌이 좋은 사람은 시간이 나와 한편으로 살아가면서 마주치는 문제와 사건을 해결하는데 도움을 준다고 생각합니다. 시간을 내 편이라고 생각하는 사람은 삶이 여유롭습니다.

시간과 공간은 함수관계입니다. 시간은 공간을 재단하는 마술사며, 공간과 공간의 획을 긋는 금줄이기도 합니다. 같은 높이, 넓이의 공간이라도 주관시간 느낌의 균형이 맞은 사람은 쾌적하게 느끼며, 빨강빛으로 편중된 느낌의 사람은 그 공간을 작게 느껴서 자신이 그 공간에 갇혀 있거나, 공간이 자신을 압박한다고 생각하여 밖으로 뛰쳐나갑니다. 파랑빛으로 편중된 사람은 그 공간이 너무 넓고 막막하여 어쩔 줄을 몰라 하다가 구석모퉁이에 숨듯이 앉아 있습니다. 그림으로 봅니다.

삼원빛 균형이 맞는 사람

빨강빛으로 편중된 사람

파랑빛으로 편중된 사람

빨강빛으로 편중된 사람을 조증躁症의 사람, 파랑빛으로 편중된 사람을 울증鬱症의 사람, 빨강빛과 파랑빛으로 교차 편중되는 사람을 조울증을 앓고 있다고 합니다. 시간과 공간의 균형을 유지하기 위하여 빛魂·마음·느낌의 균형을 유지해야 합니다. 그리하면, 시간과 공간은 평온하고 즐거운 삶을 선물할 것입니다.

(6) 태어남

사람의 탄생은 외경스럽고 숭고한 일이기도 하지만, 이 세상에서 제일 수지맞는 순간이기도 합니다. 어떤 사람들은 삶이 어려울 때마다 「어머니, 아버지 왜 나를 낳으셨나요」라고 원망을 합니다. 그러나 그것은 자신이 이 세상에 태어난 그 순간, 그리고 어른이 된 이 순간에도 얼마나 수지맞고 있는지 몰라서 그런 원망을 하고 있는 것입니다.

빛魂은 1g도 안 되는 파장으로, 그 구성은 초록+파랑+빨강빛 달랑 세 개입니다. 그러나 엄마 자궁에 잉태하여 약 열 달이 지나 태어나는 순간, 1g의 빛魂은 3000g으로 불어나 있으며, 빛魂의 구성원인 삼원빛 세 개는 약 60조 개의 세포로 늘어나 있습니다. 물리적으로 보면 3000배의 확장이며, 화학적으로 보면 약 20조

배의 확장입니다. 이만큼 자신의 생애에서 수지맞는 일은 별로 만날 수 없습니다. 약 20~30년 후면 체중 50~60kg이 됩니다. 이것은 5만~6만 배로 수지맞아 있는 것입니다.

사람은 태어나는 순간부터 많은 것을 가지고 이 세상에 옵니다. 이 세상에 가지고 오는 것은 빛魂이며, 빛알이며, 빛살입니다. 그것들을 한 곳에 집합시켜 놓은 것이 몸입니다. 사람의 몸은 아름다움 그 자체입니다. 아름다운 생명체와 생명력을 아름답게 느끼지도 못하고 아름답게 쓰지도 못하는 것은 앞의 1·2·3·4·5에서 얘기한 것들의 균형을 맞추지 못하였기 때문입니다. 균형을 맞춘다면, 빛나는 삶이 됩니다.

(7) 균형과 숨결

균형! 이 세상엔 수없이 많은 균형이 있으며, 이 세상엔 맞추어야 할 균형이 수없이 많으나 그 가운데에서도 첫 균형, 으뜸으로 맞추어야 할 균형이 정신과 물질의 균형입니다. 정신과 물질은 무엇일까요? 정신과 육체, 그것은 따로 떨어져 있을까요?

예로부터 전해져 내려오는 많은 경전과 철학 서적들이 있습니다. 경전과 철학 서적들의 내용을 함축하면 「생명체의 구성과 변화와 그 소중함을 깨달음」이며 「정신과 물질」의 균형을 맞추어야 한다는 것입니다. 그러나 아깝게도 명확하지 않다는 게 문제입니다.

정신과 물질이란 「정신과 육체」이기도 합니다. 정신과 육체는 따로 떨어져 있지 않습니다. 정신이란 「빛魂·마음·느낌·생각」입니다. 육체란 사람의 몸입니다. 정신과 육체를 논리적으로 정리해 놓으면 둘인 것처럼 보입니다.

빛魂·마음·느낌·생각 = 정신
사람의 몸　　　　　 = 육체

그러나 이렇게 나열한 논리를 모아 보면 하나란 사실을 알게 됩니다.

사람의 몸

위의 그림처럼 정신은 육체의 안에 깃들어 있으며, 정신이 육체를 만들어낸 원료며 그 자체이기도 합니다. 정신과 몸은 하나입니다. 정신이라고 하는 빛魂의 삼원빛(초록+파랑+빨강빛) 세 개가 약 60조 개의 세포로 변화하여 몸이 되었으니 정신이 몸이며, 몸이 정신입니다. 정신과 몸의 균형이 아니라 그냥「사람의 균형」이라고 해야 옳습니다.

사람의 균형을 맞추는 방법으로 이론이나 논리로는 절대로 가능하지 않습니다. 실천을 하는 수밖에 없습니다. 이론이 필요한 까닭은 실천할 수 있는 방법과 계기를 느끼고 깨닫게 하는 스위치에 불과합니다.

균형을 맞추는 실천 방법으로 첫째가 오후 9시경에 잠자리에 들어야 합니다. 사람의 몸 안에는 빛魂이 있습니다. 빛魂은 몸으로 변화되기 전에 우주에 있을 때는 우주 에너지, 자연 에너지와 하나로 노닐었습니다. 오후 9시경에 잠자리에 들어 몸 안의 빛魂이 자연 에너지와 넉넉히, 마음껏 놀도록 해야 합니다. 그래야 새로운 세포가 싱싱하게 돋아날 수 있습니다.

두 번째가 소식小食입니다. 자연 에너지가 몸 안에 적정하게 들어오도록 몸 안을 알맞게 비워 놓아야 합니다.

세 번째가 적당한 근로입니다. 이것을 알맞게 하는 방법으로 도식화된 것이 문文과 무武입니다.

학문이 지금은 이즈러졌지만 순수했을 때의 학문이란 「생명체의 구조와 변화와 탄생과 성장과 숙성과 죽음」이었습니다. 이것을 다시 말하면

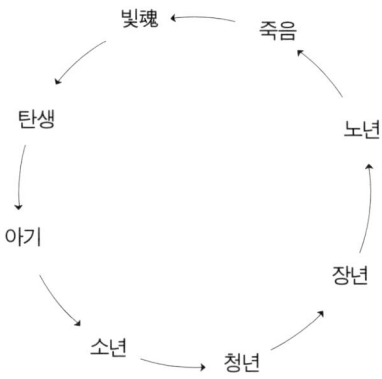

이렇게 사람의 원순환圓盾環 이치를 아는 것이 학문이었습니다. 사람의 삶은 무한대로 돌고 또 돌고, 돌아나고 또 돌아나는 원순환입니다.

무武라는 것은 사람의 몸을 균형 맞추려고 시작한 것입니다.

무武를 하여 몸의 균형을 맞추면 몸속의 정신, 빛魂·마음·느낌·생각의 균형도 함께 맞추어지기 때문입니다. 그리고 무武를 하면 숨결이 조율이 됩니다. 숨결이란 빛魂의 결이기도 합니다.

빛魂의 결이 마음의 결로 전환하고, 마음의 결은 느낌의 결로 전환하고, 느낌의 결은 생각의 결로 전환하고, 생각의 결이 숨결이 되어 몸 안에서 몸 밖으로 넘나들게 됩니다. 이것을 그림으로 봅니다.

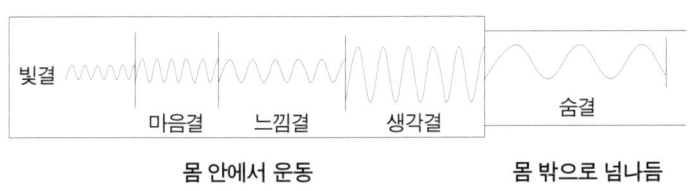

빛魂의 결, 마음의 결은 보이지도 않고 느끼기도 어렵지만 숨결은 본인이 금방 알 수 있습니다. 화가 나면 숨결은 거칠게 차오르고, 빛결이 잔잔해지면 숨결도 고와집니다. 빛결의 균형을 맞추기는 어렵지만 숨결의 균형을 맞추어 가기는 빛결보다 쉽습니다.

옛날에는 문文과 무武를 한 사람이 수련하여 갖추었습니다. 어느 때인가부터 문文과 무武는 나뉘어 한 사람이 한 가지씩 수련하게 됩니다. 그 결과 문文의 사람은 이론만 있고 무력에 약해지고, 무武의 사람은 무력은 있지만 생명체의 소중함을 잃어가서 무지해졌습니다. 문文과 무武는 정신과 육체이니 한 사람이 다 하는 것이 사람의 몸을 균형 맞추는 데 옳습니다. 실천으로 사람의 정신과 몸을 균형 맞추는 최고의 방법을 다시 간략하게 정리해 봅니다.

1. 오후 9시경에 잠자리에 듭니다.
2. 소식을 합니다.
3. 적당한 근로를 합니다.
4. 문文, 생명체의 소중함을 깨닫습니다.
5. 무武, 몸을 부드럽게 조율합니다.

위의 것들을 아우르는 방법, 숨결의 조율입니다.

이 실천 방법 외에 사람의 몸과 정신을 균형 맞추는 참된 이론과 논리는 없습니다. 어디로 튈지 모르는 약 60조 가지의 희·

노·애·락과 현재·미래·과거로 각기 달려가겠다는 마음과, 객관적 시간과 주관적 시간 사이에서 안절부절하는 마음, 사방팔방으로 내달리는 공간 감각을 이론으로 균형 맞출 수는 없습니다. 실천으로 균형을 맞출 수 있을 뿐.

2. 모듬사회

(1) 나(我)

「사람」의 본래말은 「살·알」이었습니다. 살알이란 「세포細胞」라고 하는 한문어와 같은 것입니다. 살·알, 그리고 세포란 몸을 이루고 있는 최소의 입자, 원형질을 말합니다. 사람이란 이 세상에 하나의 공동 모듬체를 이루는 한 개의 세포라는 뜻입니다. 사람이란 집단체의 한 개의 구성원입니다.

우리의 몸을 이루는 세포는 그냥 세포입니다. 그러나 기능의 고유성을 말할 때 뇌세포, 폐세포, 간세포, 신장세포처럼 고유한 호칭이 붙습니다. 공동 모듬체의 1개의 세포인 사람도 각자의 고유성으로 나뉘면 스스로를 사람이라고 하지 않고 「나(我)」라고 합니다.

「나」의 본래말은 「낳」입니다. 낳는다는 것은 창조며 생산입니다. 「나」는 창조의 주체며 주역입니다. 내가 「나」의 고유성을 인식하고 창조할 때, 나다운 고유함을 창조해 낼 수 있으며, 창조의 과정이 즐거우며, 창조의 결과에 대하여 책임을 당당하게 질 수 있습니다. 이 세상의 모든 사람들은 「나」입니다. 이 세상 모든 사람들은 「나」이기 때문에 고유성이 있으며, 고유함을 창조할 능력이 있습니다. 그리고 「내」가 창조한 결과물에 대하여 끝까지 책임을 질 의무도 있습니다. 창조의 첫째 수칙은 「모든 생명체에게 유익해야 한다」는 것입니다. 생명체에게 해로운 것은 창조가 아니라 파괴입니다.

(2) 너

내가 「나」의 고유성을 가지고 고유함을 창조해 내는 까닭은 나를 위해서가 아니라 「너」가 있기 때문입니다. 「너」의 본래말은 「넣」입니다. 내가 창조한 창조물을 창고에 쌓아 놓거나 은행에 넣는 것이 아니라 바로 「너」에게 넣기 위한 것입니다.

「나」는 산 위의 샘입니다. 내가 창조한 것이 「샘물」입니다. 샘물은 흘러서 냇물로 넣어집니다. 「냇물」이 「너」입니다. 샘물이 흘러서 냇물로 흘러들어 가지 못한다면 샘물의 효용가치는 없습니다. 「너」는 「나」를 「나」답게 만들어 주고 「나」를 「나」 이상의 쓰임새로 만들어 주는 것입니다. 샘물이 냇물로 넣어져야 물레방아를 돌리는 파워로 만들어 내듯이 나는 너 없이는 헛된 삶이 됩니다.

세상 일에 부대끼다 보면, 무인도에서 「나」 혼자 살면 좋을 것 같지만, 모든 사람들은 무인도에 도착하는 순간부터 「너」가 있는 유인도로 탈출할 생각만 합니다. 운동경기에서 뛰는 선수는 관람객과 응원단이 있을 때 신나고 힘이 더 납니다. 나를 보아 주는 사람이 없다면, 나를 인정해 주는 「너」가 없다면 성공도 별 재미가 없습니다. 「너」는 「나」를 말없이 보아 주고 성원하는 역할을 해야 할 의무가 있습니다.

사람은 누구나 「나」이며 또 「너」입니다. 단지, 「나」일 때의 입장과 「너」일 때의 입장을 명쾌하게 인식하지 못하기 때문에 「너」와 「나」 사이에 앙금과 원망이 쌓여 소통이 어렵게 됩니다. 나와 너, 그것은 한 사람이 지니는 가장 아름다운 요소입니다.

(3) 우리

「나」와 「너」가 여럿이 모이면 「너희들」이 됩니다. 너희들을 자신의 관점에서 보면 「우리들」이 됩니다. 우리들의 본래 말이 「울·림」이었습니다. 울림에서 「우리」가 되었는데 울림이란 같은 파장의 운동을 한다는 것입니다. 같은 파장의 운동을 한다는 것은 같은 빛魂, 같은 마음, 같은 느낌, 같은 품격의 무리라는 것을 말합니다.

「나」는 샘이며, 「너」는 냇물이라면, 「우리」는 큰 강입니다. 큰 강은 수력발전을 할 수 있는 힘이 있습니다. 우리의 구성원인 나와 너의 품격이 좋을 때는 수력발전을 할 수 있지만, 우리의 구성원이 거칠고 한 가지 생각에 편중되어 있다면 홍수를 일으킵니다. 우리의 구성원 하나하나의 품격이 중요한 것은 그것이 큰 강이 수력발전을 하는 강인가 홍수를 일으키는 강인가를 결정하기 때문입니다.

(4) 모두

「나」, 「너」, 「우리」가 모이면 「모두」가 됩니다. 「모두」의 본래 말은 「몸·움」이며 이 말은 「몸이 움터 났다」, 「몸으로 움터 났다」의 준말입니다. 샘물(나)이 냇물(너)이 되고, 냇물이 강물(우리)이 되고, 강물이 바닷물(모두)이 된 것입니다.

이 말을 생명체의 탄생으로 바꾸어 말하면, 빛(나)이 빛알(너)이 되고, 빛알이 빛살(우리)로 되어 몸(모두)으로 움터났다(탄생), 이렇게 됩니다. 정상적인 몸으로 태어나려면, 빛魂이 온전해야 빛알이 온전하고, 빛알이 온전해야 온전한 빛살로 전환하고, 온전한 빛살이어야 온전한 빛몸으로 태어납니다.

「나」의 품격이 귀해야 품격이 높은 「너」를 만나고, 품격이 높은 너와 내가 모여야 품격이 높은 우리가 되며, 품격이 높은 우리가 모였을 때, 품격이 높은 모두라는 집단이 만들어집니다. 모두의 집단에서 「나」는 하나의 세포입니다. 「나」 하나의 세포가 모두 형성의 기초가 됩니다. 이것을 그림으로 봅니다.

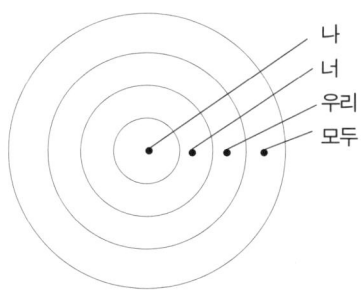

「나」라고 하는 하나의 몸은 약 60조 개 세포의 모듬 연방체며 조직체입니다. 조직체로 탄생한 것이 사람이기에 사람이 셋이상만 모이면 조직을 만들 생각을 합니다. 조직체의 결성은 사람의 본성이므로 어쩔 수 없습니다. 나·너가 만든 조직이 씨족, 나·너·우리가 모여서 만든 조직이 부족이며, 부족들이 모여서 만든 것이 국가입니다. 이것을 그림으로 봅니다.

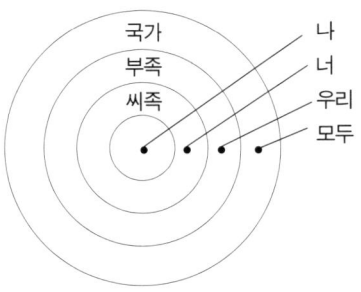

이것을 지금의 조직으로 다시 봅니다.

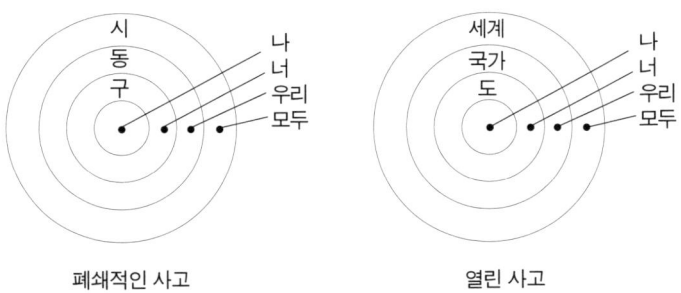

빛魂이 몸으로 변화하는 과정이 하나가 셋으로 분열·확장·통합하며 방사선 형태로 퍼져 나가듯이 사람의 나·너·우리·모두로 확장되는 과정과 모양도 방사선 형태입니다. 여기까지 얘기한 내용이 철학의 헌법과 법률과 같은 것입니다. 헌법과 같은 것을 제1철학, 법률과 같은 것을 제2철학이라고 이름하여 다시 한번 간결하게 정리해 보겠습니다.

제1철학은 빛魂에서 태어남까지입니다. 빛魂에서 몸으로 태어나기까지의 근본 구조와 변화 과정을 봅니다.

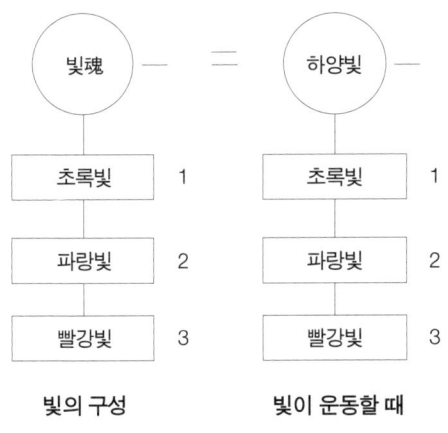

빛의 구성   빛이 운동할 때

제1철학

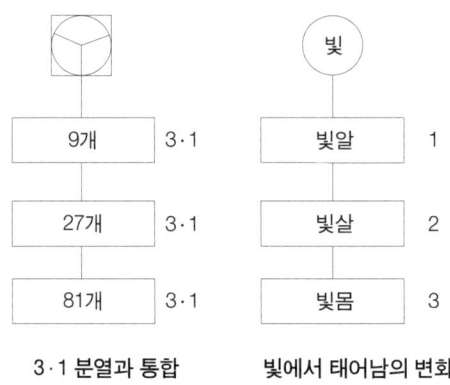

3·1 분열과 통합   빛에서 태어남의 변화

제1철학

다음은 사람으로 태어나 죽을 때까지 만날 수밖에 없는 필연적인 제2철학의 내용을 도표로 간추려 봅니다.

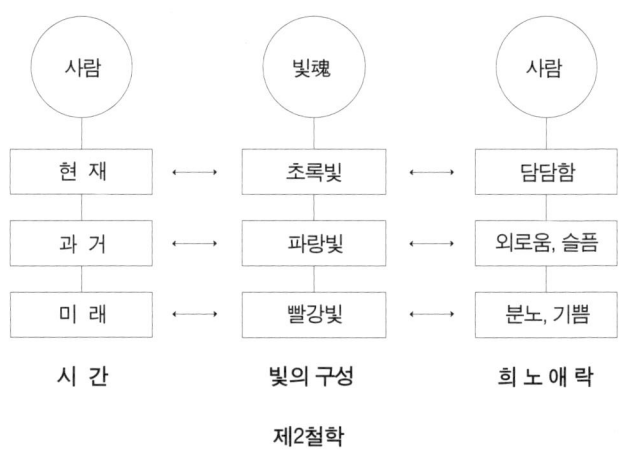

시 간   빛의 구성   희 노 애 락

제2철학

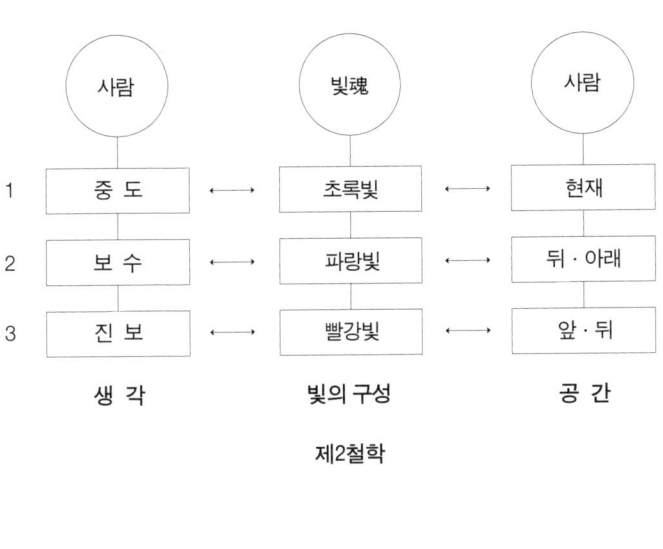

제2철학

제2철학

헌법인 제1철학과 법률인 제2철학을 정리해 보았습니다. 다음은 시행령에 해당하는 제3철학을 말할 차례입니다. 제3철학은 사람이 모듬 사회를 만들어 유지하기 위하여 조직을 만들어 내는 모습을 봅니다. 철학의 근본이 생명체이니 사람의 조직도 생명체를 근본으로 만들어집니다.

3. 조직

(1) 조직의 구성원

조직의 핵심은 구성원입니다. 조직의 구성원을 적재적소에 배치하여 조직의 효율성을 최고로 이끌어내려면 구성원의 선별 원칙과 기준이 엄밀하고, 철저하며, 명확해야 합니다.

국가를 처음 만드는 사람들이니 조직원 선별 방법을 외경스러운 마음으로 준비합니다. 문화, 언어, 철학의 원료이며 기준이 생명체이니 조직의 구성원의 선별 방법도 생명체를 기준으로 삼습니다.

호수에 작은 돌멩이를 던지면 잔잔한 수면에 파문이 차례로 생겨나 멀리 퍼져 나갑니다. 퍼져 나가는 파문을 잘 관찰해 보면 돌멩이가 떨어진 자리에서부터 작은 원(圓)이 생겨서 파문이 퍼져 나갈수록 큰 원이 생겨납니다. 그림으로 봅니다.

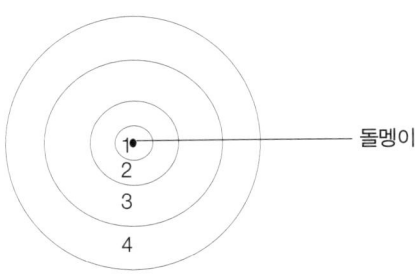

네모난 큰 철판을 울림이 잘 울리도록 수평으로 놓은 뒤 모래를 한 삽을 퍼서 중앙에 놓고, 망치로 같은 힘, 같은 속도로 천천히 두드리면 모래들이 움직이기 시작합니다. 계속 그렇게 두드린 후에 모래의 분포를 관찰해 보면 가장 고운 모래는 중앙에 모이며, 중앙의 모래보다 굵은 것은 그 다음, 그것보다 더 굵은 모래는 그 다음에 모여 호수의 수면에 생긴 파문처럼 퍼져서 굵기의 차례대로 모여 있는 것을 볼 수 있습니다. 그림으로 봅니다.

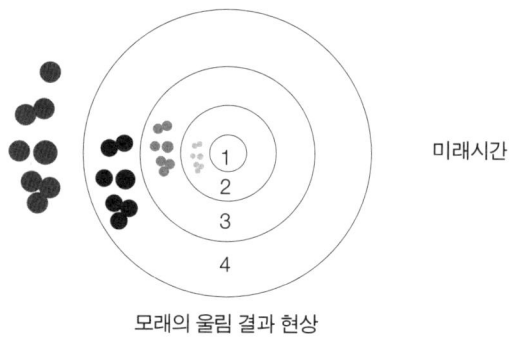

미래시간

모래의 울림 결과 현상

　이 두 가지 실험에서 알 수 있는 것은 수면의 원의 파장은 중심에서 멀어질수록 큰 원이 생기며, 철판 위의 모래는 고운 입자는 중심에 모이며 크고 거친 모래일수록 밖으로 나간다는 것입니다. 이 실험의 결과를 생명체의 파장과 비교해 보겠습니다.

　빛魂의 파장 높낮이가 1mm라고 한다면 빛魂이 변화한 빛알의 파장 높낮이는 3mm이며, 빛알이 변화하여 빛살로 분열과 통합의 반복운동을 하는 파장은 4mm로 시작하며 분열과 통합이 끝날 때는 10mm의 파장이 되어 있습니다. 이 세상에 몸으로 탄생하여 성장을 시작하면 10mm에서 출발하여 성장이 다 끝나는 20대 중반이 되면 30mm의 파장으로 변화되어 있습니다. 이것을 그림으로 봅니다.

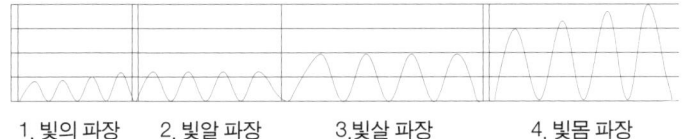

1. 빛의 파장   2. 빛알 파장   3.빛살 파장   4. 빛몸 파장

　　호수에 작은 돌을 던졌을 때 중심의 원은 작고 밖으로 퍼져
나갈수록 원은 커지며, 철판 위에 모래를 얹어 놓고 두드렸을 때
곱고 작은 입자의 모래는 중심에 모이고 입자가 굵을수록 밖으
로 밀려나며, 생명체에선 빛魂의 파장의 높낮이가 가장 낮으며,
빛알→빛살→빛몸으로 변화해 갈수록 파장의 높낮이 폭이 점점
더 커졌습니다. 셋의 모양을 비교해 봅니다.

수면위의 파문	빛에서 빛몸까지의 파장	모래의 현상
1. 중심	1. 빛魂	1. 고운모래
2. 파문	2. 빛알	2. 작은모래
3. 파문	3. 빛살	3. 굵은모래
4. 파문	4. 빛몸	4. 거친모래

호수의 파문에서 돌이 던져진 중심의 파문이 가장 작은 원이며, 철판 위의 모래의 모임 현상에서도 가장 곱고 작은 입자가 중심에 있었듯이 빛魂의 파장이 가장 낮은 파장이었습니다. 이제 조직의 구성원을 분류하여 소임을 분배합니다. 지금의 호칭으로 하면 빛魂과 같은 생체 파장을 지닌 사람을 1번 사士, 빛알의 생체 파장을 지닌 사람을 2번 농農, 빛살의 생체 파장을 지닌 사람을 3번 공工, 빛몸의 생체 파장을 지닌 사람을 4번 상商에 종사하는 사람으로 합니다. 이것을 그림으로 봅니다.

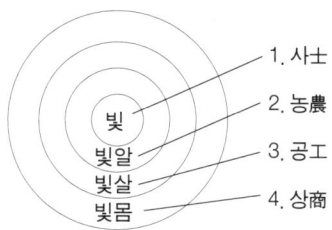

조직원의 역할 분담을 생체 파장의 높낮이 순서로 정한 것은 같지만, 다른 이유도 있습니다. 역할 분담의 기준이 생명체라 했

습니다. 1번 사士의 사람은 생명체의 출발점이며 원료인 빛魂의 얼개와 변화에 대하여 잘 아는 사람으로 인정한 것입니다. 2번 농農의 사람은 생명체의 빛魂에 대하여는 잘 모르지만 생명체의 몸을 잘 알기 때문에 생명체의 몸을 잘 키워 낼 수 있다고 인정한 것입니다.

3번 공工의 사람은 생명체의 빛魂과 빛 몸은 모르지만 농農의 사람이 생명체의 몸을 키워 내 넘겨 주면, 생명체의 몸을 잘 가공해 내는 능력이 있다고 인정한 것입니다. 그리고 4번 상商의 사람은 생명체 빛魂도 모르고, 생명체의 몸을 키워 낼 줄도 모르고, 생명체의 몸을 가공할 능력도 없습니다. 다만, 3번 공工의 사람이 생명체의 몸을 가공하여 넘겨 주면 그 가공품을 받아 판매하는 능력이 뛰어난 사람인 것입니다.

조직의 구성원을 분류하는 원칙을 유의하여 보면, 기준이 생명체며 생명체의 본질에서 멀어져 가는 순서로 1번에서 4번을 정한 것입니다. 이것을 그림으로 봅니다.

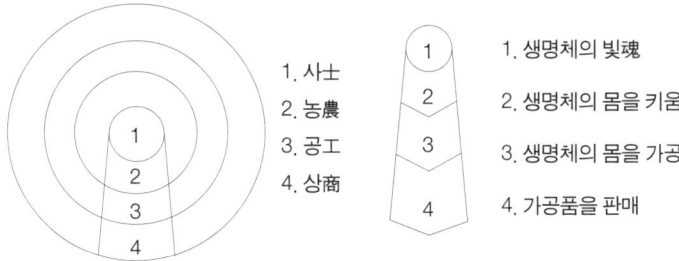

구성원의 분류를 생명체의 파장을 기준으로 정했는데 나중에 생명체를 잊어버리고 거칠고 무지한 사람들로 변화하면서 구성원의 본래 분류 기준을 잊어버리고, 권력과 학연과 지연으로 구성원의 신분이 결정되면서 조직의 효율은 떨어지고 조직의 아름다움도 잃게 됩니다.

더욱 심각한 일은 생명체의 파장은 주기적으로 변화하고 바뀐다는 점입니다. 짧으면 5년, 길면 10년에서 20년 사이로 파장이 잔잔하거나 혹은 거칠게 바뀝니다. 생명체의 실상을 알고 생명체의 파장으로 구성원을 분류할 때엔 파장의 변화에 따라 구성원의 역할을 재분류하였습니다. 구성원의 역할이 사회적 신분이라면, 5년에서 10년을 간격으로 신분의 재분류가 있었던 것입니다. 재분류라고 하면 타의에 의해 강제성이 있는 것처럼 보일 수도 있겠지만, 구성원들 스스로 자신의 생체 파장과 맞는 자리로 찾아갔던 것입니다. 요즘 말로 하면 스스로 적성을 파악하여 거기에 맞는 자리로 찾아간 것입니다.

빛魂이 빛알·빛살로 변화되어 빛몸이 되었으니 빛魂의 변화에 따라 호칭만 변화하고 현상만 바뀌었을 뿐 하나입니다. 조직이 하나의 몸이니 사·농·공·상의 분류는 하는 역할이 다를 뿐 신분의 높낮이는 없습니다. 쓰임이 다를 뿐입니다.

그랬던 것이 생명체를 잊어버리고 생명체의 소중함을 잃어가면서 사·농·공·상은 사회를 구성하는 신분의 높낮이로 변질되고 대를 이어 세습하는 지경에 이르게 됩니다. 상商의 파장을 가진 사람이 사士의 역할을 하고, 사士의 생체 파장을 가진 사람이 망나니 역할을 하게 되니 조직원이 불행하게 되고 조직은 효율성이 떨어집니다.

생명체의 파장을 기준으로 사회 구성원의 역할을 사·농·공·상으로 분류한 것은 인류 이래 가장 탁월한 시스템이었다고 생각합니다. 생명체는 평등하지만 능력을 발휘하는 역할은 다르기 때문입니다. 문제는 사·농·공·상이 대를 이어 세습되었다는 것입니다. 그래서 바보 임금, 바보 선비가 있게 되어 세상에 폐를 끼치고 조직을 몰락시킨 것입니다. 지금 세상도 그렇습니다. 옛날의 아름다웠던 그때로 돌아가기엔 인류가, 한민족이 너무 멀리 왔습니다.

(2) 지도자의 품성

삶의 기준이 생명체이니 지도자의 품성과 지도자를 선출하는 기준도 생명체입니다. 국가를 경영하기 위하여 조직을 만들었고, 조직이 생겼으니 최고 지도자가 있어야 합니다. 국가를 경영하는 역할을 맡은 사람들이 1. 사士, 2. 농農, 3. 공工, 4. 상商 가운데 1번 사士입니다.

1번 사士의 사람들은 2·3·4번 사람들보다 생체 파장이 낮지만 1번 사士에 해당하는 사람들을 모아 놓고 생체 파장을 분류해 보면 다시 1·2·3·4번으로 세분할 수 있습니다. 1번 사士의 사람들이 국가 경영의 지도자 군群이며 1번에서 가장 생체 파장이 낮은 사람이 최고 지도자입니다. 1번의 1번입니다. 그림으로 봅니다.

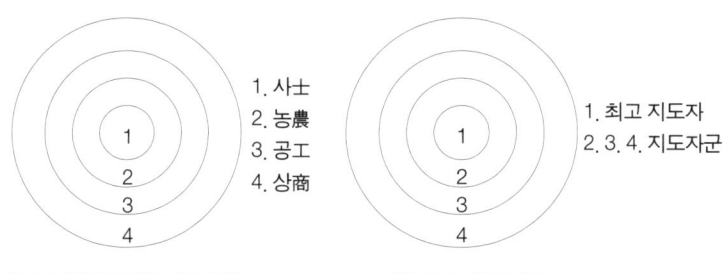

국가 조직구성원의 파장 분포

1. 사士
2. 농農
3. 공工
4. 상商

1번 사士 파장 분포

1. 최고 지도자
2. 3. 4. 지도자군

1번 사士의 사람들 생체 파장은 빛魄의 파장이며, 1번의 지도자 군群의 사람들은 존재하지만 드러나지 않아야 합니다. 특히 최고 지도자인 1번의 1번은 빛魄입니다. 최고 지도자의 모습은 보이지 않으면서 최고 지도자의 뜻이 바르게, 그리고 균등하게 구성원 모두에게 전달되어야 합니다. 빛魄이 우리 몸 안에 모습 없이 존재하며 머리에서 발끝까지 임하며, 관리하며, 균형 맞추듯, 최고 지도자는 보이지 않게 존재하지만 나라 방방곡곡에 지도력이 스며들어야 지도자의 품성을 갖춘 것입니다.

한민족 최고 지도자 호칭이 환인桓因이었습니다. 한문이 들어오면서 「ㅂ」의 말들이 「ㅎ」으로 바뀌었으니 「환인」이란 「빛·

잇」이었습니다. 빛을 잇다 또는 빛으로 이어지다의 준말이
「빛·잇」입니다. 최고 지도자의 품성이 「빛魂」과 같아야 한다고
생각한 사람들이었으니 최고 지도자 호칭을 「빛魂잇」으로 만든
것은 당연합니다.

  환인 다음에 쓰인 최고 지도자 호칭이 「환웅桓雄」이었습니다.
이 말은 「빛·살」의 변화어입니다. 환웅 다음대의 호칭이 「단군
檀君」입니다. 단檀은 「박달」입니다. 박달이라는 말은 「빛·땅」이
라는 옛말입니다. 단군에서 「군君」은 임금이라는 뜻이니 사족으
로 붙은 것이며, 단군의 호칭은 「단檀」이 맞으며, 이 말은 본래
「빛·땅」, 「빛·닿」입니다. 다시 말해 환인은 "빛을 이었다, 환웅
은 빛살이다, 단군은 빛에 닿았다" 입니다. 이것을 빛魂이 몸으로
변화하는 과정과 대비해 보겠습니다.

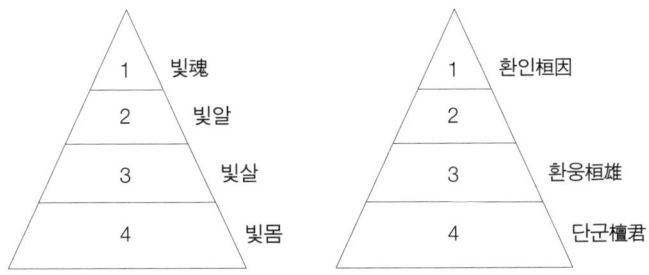

빛魄이 몸으로 변화하는 과정과 한민족 최고 지도자들의 호칭을 비교해 보니 2번 순서 한 가지만 생략되었을 뿐 맞아 떨어집니다. 최고 지도자의 호칭이 환인, 환웅, 단군으로 불려졌을 때까지는 그런대로 생명체가 삶과 조직의 기본으로 쓰이고 있었다는 사실이 증명되고 있습니다.

그러나 그 다음부터 임금, 왕王, 왕검, 단군왕검으로 호칭이 변질된 것은 한민족 사람들의 삶과 조직의 기준에서 생명체가 사라졌다는 증거입니다. 생명체가 삶의 기준, 조직의 기준에서 사라졌다는 것은 사람들의 삶의 의식이 원圓에서 선線으로, 입체에서 평면으로, 정신에서 물질로 편향되고 변질되었다는 증거입니다.

최고 지도자가 있어야 할 곳은 조직원의 가운데, 중심中心입니다. 그러나 언제든지 가장 높은 자리와 가장 낮은 자리를 자유자재로 이동하는 유연성이 갖추어져 있어야 합니다. 높은 위치에서는 멀리, 넓게 고루 볼 수 있습니다. 멀리 본다는 것은 10년, 백년 후의 미래를 준비하고 예견하는 안목이며, 넓게 본다는 것은 조직원을 모두 평등하게 포용하고, 배려하고, 살펴주는 안목입니다. 이것을 망원경 안목이라 합니다.

최고 지도자는 최저의 자리에도 자연스럽게 앉을 수 있어야 합니다. 낮은 자리는 오늘이며, 지금 여기이며 과거이기도 합니다. 과거, 즉 역사를 연구하여 오늘과 내일에 유용하게 접목시킬 것과 역사에 오류로 나타난 사실들을 반복하지 않을 소양을 키워야 합니다. 그리고 낮은 자리는 자기 자신과 측근과 약한 사람들을 살펴서 정책의 실현 속도의 완급을 조절할 줄 알아야 합니다. 낮은 자리에서 두루 살펴보는 안목을 현미경 안목이라 합니다. 망원경 안목과 현미경 안목을 그림으로 봅니다.

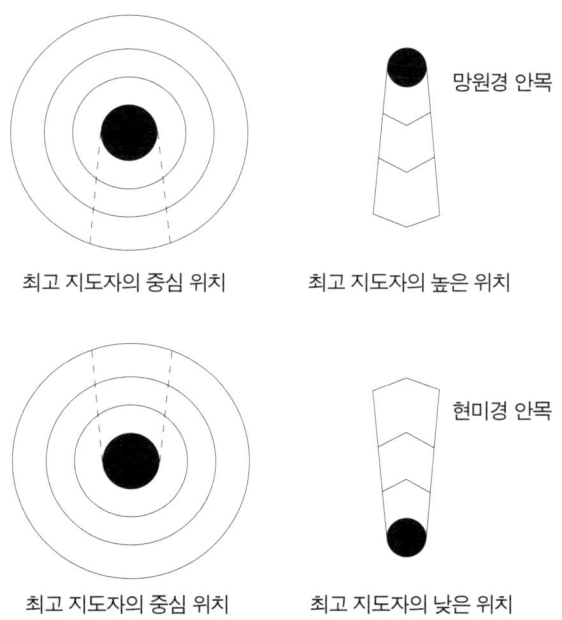

최고 지도자의 중심 위치 　　　　　최고 지도자의 높은 위치

최고 지도자의 중심 위치 　　　　　최고 지도자의 낮은 위치

최고 지도자의 생활공간은 백성들과 격리되어 보이지 않는 한정된 곳이며, 그곳이 사적·공적인 일을 보는 최고 지도자의 온 세상입니다. 격리된 공간에서 살게 된 것이 그의 안전성 때문이라고 생각한다면 잘못된 생각입니다. 최고 지도자는 빛魂의 품성을 지닌 사람입니다. 빛魂은 모습 없이 존재합니다. 그리고 빛魂과 함께 일하는 1번 사土의 참모들도 빛알, 빛살과 같이 보이지 않게 존재하는 사람들이니 최고 지도자가 있는 공간에 출퇴근하면서 일을 해야 했습니다. 최고 지도자가 생활하는 공간을 나중에 성城 또는 왕실, 궁궐이라고 했지만 처음에는 「빛魂·터」라고 했습니다. 이것은 「빛魂」이 일하는 터, 공간이라는 말입니다.

최고 지도자가 「빛·터」를 벗어나는 일은 없습니다. 다만 근세에 벌어졌던 병자호란과 임진왜란과 같은 난리가 났을 때 외에는 「빛·터」를 나가지 않습니다. 자신의 공간에만 있으면서 자신의 뜻을 조직 구성원이 사는 공간의 끝까지 고르게 소통시키는 사람이 최고 지도자의 자격이 있습니다.

요즈음은 모든 나라의 대통령, 총리, 수상이라고 하는 사람들, 그 나라의 최고 지도자들이 쉼없이 밖으로 나옵니다. 그 현상은 최고 지도자의 품성이 무엇인지 모르거나, 최고 지도자의 품성에 못 미치는 사람들이 최고 지도자의 자리에 있거나, 지금의 시대가 병자호란, 임진왜란과 같은 세계적 대란의 상황이거나 셋 가운데 하나입니다. 최고 지도자는 빛魄입니다. 빛은 모습 없이 하늘에 존재합니다. 그러므로 최고 지도자가 머무르는 「빛·터」라는 공간은 이 땅에 있지만 하늘인 것입니다.

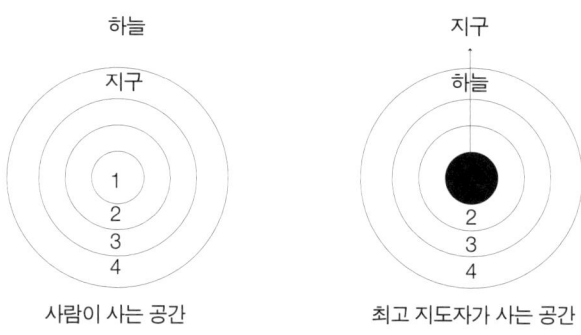

사람이 사는 공간　　　　최고 지도자가 사는 공간

　지도자의 자격이 모습 없이 존재하며 일의 효율을 높이는 것이었으니 국가의 최고 지도자만 그렇게 한 것이 아니라 지금의 행정 계통으로 말하면, 서울시장, 도지사, 시장, 군수, 면장까지 모습 없이 존재했습니다. 그래서 그들의 생활 공간은 격리되어 있었습니다.

최고 지도자가 모습 없이 존재하는 것이 상식이었으니 농·공·의 지도자들도 그와 같았으며 규모가 있는 일반사람들의 상식도 예외는 아니었습니다. 살림집의 구조를 대문에 서서 살펴보면, 처음에 행랑채로부터, 사랑채, 바깥채, 안채의 순서로 배치가 되어 있습니다. 행랑채엔 집안일과 바깥일을 보는 사람이 살며, 사랑채엔 외부에서 온 손님들이 머무는 공간이며, 바깥채는 집안의 남자들이 기거하는 공간이며, 안채는 집안의 여인들이 기거하는 공간입니다. 이 배치도를 그려 봅니다.

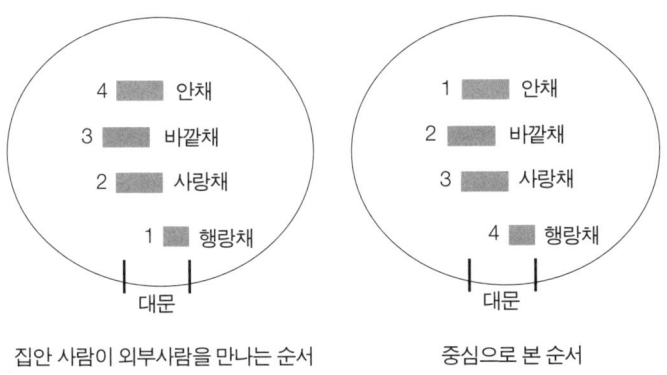

집안 사람이 외부사람을 만나는 순서   중심으로 본 순서

집의 구조로 미루어 볼 때, 집안에 기거하는 사람들의 최고 지도자는 남자가 아니라 여인이었습니다. 집안의 할머니, 어머니, 아내가 최고 지도자였던 것입니다. 집안의 여인들은 안채에 앉아서 집 밖의 사람 관계를 가장 최선으로 유지하고 조정하는 지혜를 펼쳤던 것입니다.

그런데 어느 때인가부터 여인들이 안채에 살게 된 원인이 힘이 센 남자들의 무력에 의해 집안의 가장 으슥한 안채로 유배당했기 때문이라고 생각하기 시작합니다. 그렇게 생각하고 그런 대접을 받는 환경이 만들어진 것은 생명체의 근본과 소중함과 생명체를 기준으로 한 문화가 소멸되는 한편, 여인 스스로도 최고 지도자의 덕목인 빛魂과 같이 모습 없이 존재하는 유연함, 부드러움, 잔잔함, 지혜로움을 상실했기 때문이기도 합니다. 지금, 남녀 평등을 말하지만 사실은 여인의 고유성, 남자보다 우위에 있었던 품성을 회복해 최고 지도자의 본성을 회복해야 합니다. 남녀 평등은 여성으로서는 작고 낮은 목표입니다.

여인이 최고 지도자인 것은 사람뿐이 아니라 「벌」도 마찬가지입니다. 여왕벌은 벌통 속에서 나오지 않고 수많은 일벌과 숫벌들을 느낌으로 지휘합니다. 여왕벌이 벌통 밖으로 나올 때는

단 한 번, 「분봉」을 할 때입니다. 분봉이란 새로운 국가를 만드는 것입니다. 그토록 중요한 일 외에는 밖으로 나오지 않고도 벌의 세계를 유지시킵니다. 최고 지도자의 품성, 그것은 모습 없이 존재하며, 말없이 느낌으로 지휘하며, 망원경 안목과 현미경 안목으로 조직 구성원 모두의 삶을 평안하고, 따뜻하고, 부드럽게 유지시켜 주는 것입니다. 그것이 생명체를 기준으로 삼는 세상의 상식이었습니다.

(3) 조직

최고 지도자가 결정되었으니 조직을 만듭니다. 최고 지도자의 선출을 생명체를 기준으로 했으니 조직도 생명체의 구조와 변화를 기준으로 만듭니다. 조직의 줄기가 되는 참모진부터 구성합니다. 최고 지도자가 빛魂입니다. 빛의 구성은 삼원빛인 파랑, 초록, 빨강빛입니다. 최고 지도자인 빛魂을 가장 가까운 거리에서 보좌하는 참모를 셋으로 합니다. 그것이 뒷날 영의정, 우의정, 좌의정입니다. 삼원빛의 특성은 초록=중도, 파랑=보수, 빨강=진보적 운동 성향을 지녔습니다. 영의정=중도, 좌의정=진보, 우의정=보수적인 성향의 인물로 선발합니다. 제2의 참모들은 제1의 참모들이 선발하도록 전권을 위임합니다. 제1의 참모들도 1인당 3명씩, 중도, 보수, 진보 성향의 사람들로 선출합니다. 이런 형태로 선발하고 임명하며 제1의 참모 3명, 제2의 참모 9명, 제3의 참모 27명, 제4의 참모 81명으로 경영진이 완료됩니다. 이들이 궁궐에 출퇴근하며 국가를 경영하는 사람들입니다.

이것을 도표로 봅니다.

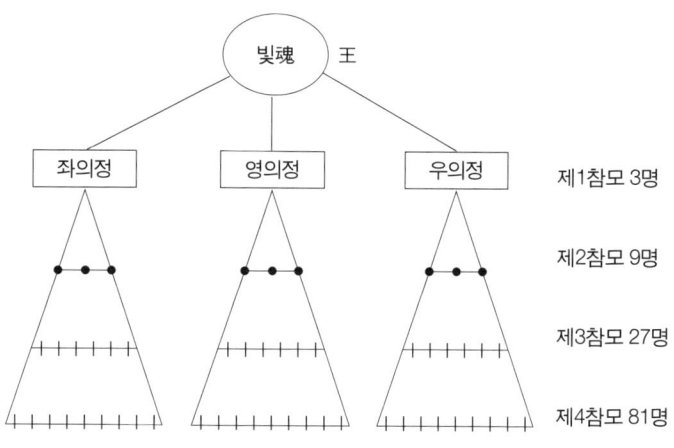

좌의정의 성향이 빨강빛의 진보성이니 근무복으로 빨강옷을 입고, 좌의정의 제1, 2, 3, 4의 참모들도 빨강옷을 입습니다. 영의

정과 그의 참모들은 초록옷, 우의정과 그의 참모들은 파랑옷을 입습니다.

궁궐에서 업무를 보는 조직 체계와 근무복만 이런 것이 아니라 국가의 작고 큰 모든 행정 조직의 체계와 근무복이 이와 같습니다. 모든 조직이 1·3입니다. 한 사람의 팀장 밑에 세 사람의 팀원이 있습니다. 이것은 빛알이 세포로 분열하는 원리입니다. 근무복을 삼원빛으로 입은 사람들은 백성들의 눈에 띄게 일을 하면 안 되며 모습 없이 존재해야 합니다. 백성들의 눈에 띄게 나랏일을 하는 사람은 까망빛갈 옷을 입은 사람들입니다. 까망빛갈은 물질을 뜻합니다. 까망빛갈의 근무복을 입은 사람들은 지금의 경찰관들입니다. 이 사람들은 백성과 나라의 재물을 지키는 사람들입니다.

백성들은 하양빛 옷을 입습니다. 이것은 삼원빛이 합쳐지면 하양빛이 되기 때문입니다. 하양빛은 빛魄이며 정신입니다. 백성들은 국가의 빛이며 정신이라는 뜻입니다. 백성들이 빛魄이며 하양빛이라는 것은 크게 두 가지로 볼 수 있습니다.

첫째, 최고 경영자인 왕王이 빛魄이며, 왕의 의지를 실현시키는 영의정·우의정·좌의정의 삼정승은 삼원빛이며, 왕의 의지

를 실현시켜 완성하여 나온 이익물은 모두 백성들에게 돌아간다
는 뜻입니다. 삼원빛인 참모들의 일이 완성되었다는 것은 삼원
빛의 합合이 이루어진 현상과 같으며, 삼원빛의 합이 하양빛입니
다. 이것을 그림으로 봅니다.

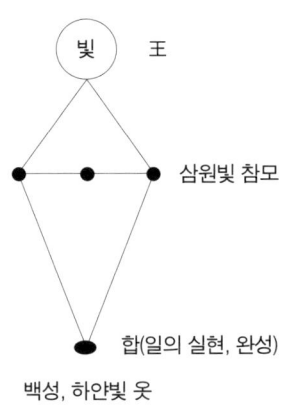

두 번째, 백성이 하양빛 옷을 입었던 까닭은 이 땅이 즉 하늘
이라는 뜻이 있습니다. 하양빛은 빛魂이 운동하는 빛이며, 빛魂은
하늘에 존재하니, 하양빛 옷을 입은 백성은 빛魂이니 백성이 사
는 지금 여기가 하늘이라는 의미입니다.

백성이 사는 집엔 「한울타리」가 있었습니다. 한울타리는 「하늘·다리」라는 말입니다. 하늘다리란 하늘과 땅이 소통하는 통로라는 뜻입니다. 소통이 되는 순간, 이것과 저것, 이곳과 저곳은 하나가 됩니다. 하늘다리가 있는 곳, 한울타리가 둘러쳐져 있는 집의 공간은 하늘공간이며 하늘공간에 있는 집은 하늘집이며, 하늘집에 사는 사람은 하늘사람입니다. 한민족은 하늘에 사는 하늘사람들이었습니다.

사람에겐 빛魂과 몸이 있습니다. 빛魂은 「디지털」이며 몸은 「아날로그」입니다. 한민족의 사람들은 디지털과 아날로그를 자유자재로 넘나들며 살았습니다. 금줄을 치고 삼원빛을 걸어 놓으면 아무도 들어가지 않았으며, 패륜아의 집에 새끼줄을 둘러치고 새끼줄에 삼원빛 헝겊을 걸어 놓으면 아무도 그 집에 가지 않았습니다. 삼원빛은 빛魂의 구성체이니 삼원빛이 걸려 있는 곳은 빛魂이 사는 하늘이라고 생각했기 때문입니다. 있는 것을 없는 듯, 없는 것을 있는 듯 여기며 살 수 있었던 것은 디지털과 아날로그의 경지를 아주 간단하고 자연스럽게 넘나들이 할 수 있었기 때문입니다.

한민족의 조직과 옷, 백성들의 옷, 한울타리, 모두 디지털과 아날로그로 인식한 생명체와 생명체를 기준으로 삼은 삶의 철학이 상식으로 넘쳐났기 때 생겨난 것들입니다. 한빛족의 조직은「빛魂조직」입니다.

(4) 화백회의化(和)白會議

국가의 중요한 정책을 결정하려면 회의를 열어야 합니다. 한 가지 사물을 보고도 느낌은 사람마다 다르기 때문에 국가 정책을 결정할 때 언제나 왕과 참모가 의견이 일치되지 않기 때문입니다. 같은 성향의 사람들을 모아 놓고 의견을 물으면 다 제각각일 텐데 참모들의 구성이 각각 진보 27명, 중도 27명, 보수 성향 27명으로 구성되어 있으니 언제나 결론은 삼분三分으로 납니다.

이렇다 보니 투표를 백날을 해 보았자 끝이 나지 않습니다. 그래서 회의 의결을 만장일치로 결정합니다. 만장일치제의 회의를 하려면 끊임없이, 지루하게 토론을 하여 상대를 설득해야 합니다. 끊임없이 토론을 한 후 해가 질 무렵에 의결에 부쳐 만장일치가 되지 않으면 다음날 또 다시 회의를 열어 토론을 합니다. 만장일치의 결과가 나올 때까지 기한을 정하지 않고 회의는 계속됩니다.

만장일치의 의결 방법을 회의 결정 방법으로 택했다는 것은 회의에 임하는 사람들의 품성을 짐작하게 합니다. 조용히 앉아서 상대의 얘기를 들어 주는 인품, 흥분하지 않고 잔잔한 목소리로 몇 날이고 얘기할 수 있는 잔잔한 에너지, 회의에 참석하는 모든 사람들의 인품이 최고의 경지에 있지 않으면 만장일치제의 회의를 만들 수도 없고, 오랫동안 유지할 수도 없을 것입니다.

화백회의란 명칭은 글자 그대로 하얗게 변화시키는 회의입니다. 삼원빛 성향의 사람들이 의견이 만장일치되었다는 것은 초록+파랑+빨강빛이 100% 합쳐졌다는 것이며 그 결과가 하양빛이라는 것입니다. 화백회의란 삼원빛을 합쳐서 하양빛으로 만드는 회의입니다. 삼원빛은 빛魂의 구성원이며 하양빛은 빛魂의 운동 모습입니다. 화백회의란 「빛魂회의」의 다른 이름, 변질된 이름입니다.

회의 의결 방법으로 만장일치제인 「빛회의」가 완전합니다. 다수결로 결정하는 방법이 합리적이며 효율적이라고 착각하기 쉽지만 두 가지의 맹점이 있습니다. 첫째, 결정은 쉽지만 결정된 정책을 실현했을 때 엄청난 시행착오를 겪을 수 있습니다. 어떤 정책들은 시행착오가 되고 실패가 되었을 때 그 후유증을 치유하려면 10년, 30년이 걸릴 수도 있으며, 어떤 것은 영원히 치유되지 않을 수도 있습니다.

둘째, 다수결로 결정했을 때는 구성원 모두의 협력과 흥을 이끌어낼 수가 없습니다. 모든 구성원이 함께 같은 마음, 같은 흥을 내어 일을 하면, 일어나는 「울림」의 효율성은 상상할 수 없이 극대화됩니다. 일의 결과도 좋지만 일하는 과정이 신나야 합니다. 만장일치로 결정된 일은 그것이 가능합니다.

한민족은 「빛魂민족」이었습니다. 빛민족이었기 때문에 「빛회의」인 화백회의가 있었습니다. 빛민족을 잃으면서 빛회의도 잃었습니다. 빛회의를 잃으면서 상대의 말을 끊임없이 들어 주고, 잔잔하게 상대를 끊임없이 설득하는 유장한 인품도 함께 잃었습니다. 빛魂을 잃으면 생명력도 잃습니다. 빛민족에서 한민족으로 추락한 결과입니다.

빛민족의 조직의 고유성은 최고 지도자의 호칭이 「빛魂」이며, 참모들은 삼원빛 옷을 입으며, 백성들은 하양빛 옷을 입습니다. 삼원빛은 빛의 실체입니다. 하양빛은 삼원빛이 역동성으로 운동할 때 나타나는 모습입니다. 삼원빛과 하양빛의 호칭이 빛魂입니다. 조직의 최고 지도자와 참모와 백성이 모두 빛魂입니다. 빛민족 시절에 만든 문화, 언어, 철학, 국가 조직이 모두 빛魂을 원료로 한 「빛나라」였습니다.

약 1200년 전 신라 말의 최치원이 그리워하며 찾아 헤맸던 「현묘지도」, 「풍류도」가 바로 「빛魂」이었습니다. 빛으로 만들어진 모든 것, 빛魂을 기준으로 살아가는 세상이었습니다. 빛魂이 이 땅에 서서 빛의 실체를 구현하는 세상이었습니다.

빛이 땅에 서다. 그리고 빛이 땅에서 지다.

2.

그림자 철학哲學

도덕경의 철학은 생명체의 철학입니다

노자의 도덕경

약 2500년 전에 중국 초나라에 살았던 「노자」가 81편으로 나누어 약 5000여 자로 함축하여 쓴 책이 「도덕경」입니다. 경전經典이라고 이름이 붙여졌을 만큼 훌륭한 책이라고 합니다. 반면에 훌륭한 만큼 내용이 어려워서 시대에 따라, 해석하는 사람에 따라서 내용은 조금씩 다르게 해석되는 것이 문제인 책이기도 합니다.

도덕경의 해석이 복잡하고 어려워진 까닭이 세 가지라고 생각됩니다. 첫째, 약 2500년 전에 쓰여진 책이니 그때로부터 지금의 말과 글이 변화되었고, 말과 글이 갖는 의미도 변화가 많이 되었을 것입니다. 어쩌면 그때 학자들은 도덕경의 내용을 다르게 해석할 수 없을 만큼 바르게 받아들였을지도 모릅니다. 시간의 간격이 만들어 낸 괴리일 수 있습니다.

둘째, 노자가 도덕경을 쓸 때에 정확한 말과 글을 사용하지 않았거나 예를 들거나 비유로 사용한 것이 정확하지 않아 읽는 사람의 자의自意로 해석할 수 있는 여지를 남겼을 수도 있습니다. 표현의 부정확 때문일 수 있다는 것입니다.

셋째, 노자가 도덕경에서 설명하고자 하는 대상의 실체를 정확히 보지 못한 채, 대상의 그림자만 보고 글을 썼을 수도 있습니다. 대상의 실체를 두 눈으로 정확하고 바르게 봤다면 설명이 길거나 복잡하지 않기 때문입니다.

어쩌면 노자 이후의 학자들의 지적知的 수준이 노자보다 떨어지기 때문에 여러 가지의 해석이 나올 수도 있겠습니다. 주된 원인이 무엇이 되었든 현재의 도덕경은 실체 철학이 아니라 그림자 철학이라고 생각합니다. 나는 노자의 도덕경을 어설프게 한번 읽어 보았습니다. 한번 읽어 본 사람이 노자의 도덕경을 그림자 철학이라 말하면 노자를 존경하는 분들이 노하시어 나를 오만하다고 생각할 수도 있습니다. 그럼에도 여기에서 도덕경을 해석해 볼 생각을 한 것은 2500년간 도덕경의 해석이 잘못되어 사람의 삶에 치명적 병폐를 낳았기 때문입니다. 그리고 노자도 그 점을 슬퍼할 것이란 생각 때문에 오만하다는 비평을 감수하며 해석하게 되었습니다. 읽는 분들은 넓은 양해 바랍니다.

1. 도덕경 퍼즐 맞추기

(1) 도道의 실체

제25장 상원象元

　　　유물혼성有物混成 선천지생先天地生

　　　오부지기명吾不知己名 강자지왈도强字之曰道

제14장 찬현贊玄

　　　시지불견視之不見 명왈이名曰夷

　　　청지불문聽之不聞 명왈희名曰希

　　　박지부득搏之不得 명왈미名曰微

　　　차삼자불가치힐此三者不可致詰

　　　고혼이위일故混而爲一

제62장 위도爲道

　　　도자만물지오道者萬物之奧

(2) 도道의 운동運動

제40장 거용去用

반자, 도지동(反者, 道之動)

약자, 도지용(弱者, 道之用)

제36장 미명微明

유약승강강柔弱勝剛强

(3) 도道의 변화 1

제1장 체도體道

도가도, 비상도(道可道, 非常道)

명가명, 비상명(名可名, 非常名)

무명, 천지지시(無名, 天地之始)

유명, 만물지모(有名, 萬物之母)

차양자, 동출이이명(此兩者, 同出而異名)

동위지현同謂之玄

(4) 도道의 변화 2

제42장 도화道化

도생일道生一

일생이一生二

이생삼二生三

삼생만물三生萬物

(5) 무無와 유有의 구조

제1장 체도體道

고상무, 욕이관기묘(故常無, 欲以觀其妙)

상유, 욕이관기교(常有, 欲以觀其徼)

현지우현, 중묘지문(玄之又玄, 衆妙之門)

제6장 성상成象

곡신불사, 시위현빈(谷神不死, 是謂玄牝)

현빈지문, 시위천지근(玄牝之門, 是謂天地根)

면면약존, 용지불근(綿綿若存, 用之不勤)

제11장 무용無用

삼십폭, 공일곡(三十輻, 共一轂)

당기무, 유차지용(當其無, 有車之用)

당기무, 유기지용(當其無, 有器之用)

당기무, 유실지용(當其無, 有室之用)

고유지이리, 무지이위용(故有之以利, 無之以爲用)

(6) 무無와 유有의 변화

제1장 체도體道

    무명, 천지지시(無名, 天地之始)

    유명, 만물지모(有名, 萬物之母)

제40장 거용去用

    천하만물생어유天下萬物生於有

    유생어무有生於無

제42장 도화道化

    도생일道生一

    일생이一生二

    이생삼二生三

    삼생만물三生萬物

2. 도덕경 퍼즐 해석

(1) 도道의 실체

有物混成 先天地生 吾不知己名 强字之曰道

액체와 기체와 고체가 모두 섞인 것이 있는데 이것은 하늘과 땅이 생겨나기 전부터 있었지만 이것을 무엇이라 불러야 하는지 「이름」을 알 수가 없어서 할 수 없이 「도道」라고 한다.

視之不見 名曰夷 聽之不聞 名曰希 搏之不得 名曰微

도道는 눈으로 볼 수가 없어서 이夷라 한다. 형체가 없다. 도는 귀로 들을 수 있는 소리가 없어서 희希라 한다. 도는 손으로 쳐도 감지할 수 없을 만큼 미세하니 이를 미微라 한다. 도는 소리가 없고, 형태가 없으며, 형체도 없지만 미세한 무엇이 있다. 이것이 「이, 희, 미」다.

此三者不可致詰 故混而爲一

그러나 도道는 「이夷, 희希, 미微」 셋으로 알 수 있는 것도 아니다. 그러나 도는 이들 셋이 하나로 합쳐진 것이다.

道者萬物之奧
도道는 만물의 속살이니 이는 곧 만물의 근원이다.

이 퍼즐조각들을 해석한 것을 하나의 문장으로 만들면 이렇게 됩니다.

"하늘과 땅이 생겨나기 전, 태초 우주에 자연 에너지가 있었다. 이것은 물질과 비물질이 혼합되어 하나로 있었는데 소리도 없고 형체도 없고 흔적도 없이 존재하며, 만물의 근원이이다. 그런데 아직까지 알려지지 않아서 이름이 없으니 노자인 내가 이것을 「도道」라고 부른다."

이렇게 되어 자연 에너지가 도라는 이름으로 이 세상에 등장하게 됩니다.

(2) 도道의 운동

反者 道之動 弱者 道之用 柔弱勝剛强

도의 운동 본능은 출발한 곳으로 되돌아가며, 도가 변화하여 다른 모습으로 나타날 때는 도의 운동이 가장 유약할 때다. 유약한 것이 강한 것을 이긴다.

여기에서 약弱하거나 유약하다는 것은 정말 힘이 없는 것이 아니라, 힘이 포화상태에 이르러 정지된 듯한 상황을 말합니다. 태풍의 가장자리는 거칠고 강하지만 태풍의 중심, 태풍의 눈은 잔잔합니다. 도가 새로운 상태로 변화하는 순간은 태풍의 눈처럼 힘이 농축되어 잔잔할 때라는 뜻입니다.

(3) 도道의 변화 1

道可道 非常道 名可名 非常名 無名 天地之始 有名 萬物之母

此兩者, 同出而異名 同謂之玄

도道의 성질과 양은 항상 같지만(道可道), 도는 일상적이지 않고

늘 변화한다(非常道), 도가 일상적으로 있을 때는 이름이 늘 같지만
(名可名), 도가 변화하면 이름도 함께 변화한다. 이름은 늘 한결같
지 않다(非常名).

　이름이 없는 상태로 존재하는 것이 하늘과 땅이 시작된 원료
며(無名, 天地之始), 이름이 있는 것, 이름으로 지어질 수 있는 것들이
만물의 모태이다(有名, 萬物之母). 무無와 유有는(此兩者) 이름이 다를 뿐
도에서 나온 같은 것이다(同出而異名). 도, 무, 유는 같은 것이며 함
께 소중하고 신령스러운 것이다(同謂之玄).

　(4) 도道의 변화 2

　道生一 一生二 二生三 三生萬物
　도道는 무無를 낳고(道生一), 무가 유有를 낳고(一生二), 유가 만물을
낳으니(二生三), 유가 낳은 것이 이 세상 만물이다(三生萬物).

　(5) 무와 유의 구조

　故常無 欲以觀其妙 常有 欲以觀其? 玄之又玄 衆妙之門

마음의 눈으로 보면 무無는 늘 오묘하며, 마음의 눈으로 유有를 보면 언제나 변화한다. 그리고 무無와 유有에는 신령스럽고 또 신령스러우며 오묘한 문門이 있다.

谷神不死 是謂玄牝 玄牝之門 是謂天地根 綿綿若存 用之不勤

죽지 않는 불사신不死身이 있는데 이를 신령스러운 암컷이라 하며, 신령스러운 암컷에겐 문門이 있으며, 이 문은 천지天地의 뿌리며, 써도 써도 마르지 않는 에너지가 눈에 보이지 않게 솟아난다.

三十輻 共一轂 當其無 有車之用 當其無 有器之用

當其無 有室之用 故有之以利 無之以爲用

30개의 바퀴살이 한 개의 바퀴 축에 꽂혀 있지만, 바퀴 축이 비어 있기 때문에 수레의 쓰임이 있으며, 그릇이 빈 곳이 있기 때문에 쓰임새가 있으며, 사람이 사는 거실도 속이 비어 있기 때문에 쓸모가 있다. 그러므로 유有가 유익하게 쓰이는 것은 무無가 있기 때문이다.

(6) 무와 유의 변화

無名 天地之始 有名 萬物之母 天下萬物生於有 有生於無

무無라고 부르는 것이 하늘과 땅이 시작된 원료이며, 유有라고 부르는 것이 만물萬物의 모태이며, 하늘 아래의 모든 생명들은 유가 낳은 것이며, 유는 무가 낳은 것이다.

道生一 一生二 二生三 三生萬物

도道가 무를 낳았으며(道生一), 무無가 잉태되어(一生二), 유有를 낳았으니(二生三), 유가 이 세상에 존재하는 생명들의 몸이다(三生萬物).

노자의 도덕경을 해석하려면 여기저기에 흩어져 있는 알맹이들을 모으는 일부터 해야 합니다. 퍼즐 맞추기와 같습니다. 노자가 도덕경을 저술하여 책으로 만드는 사이에 도덕경의 원고가 한번 흩어진 후 순서를 잘못 맞추어 놓은 듯합니다. 그 결과 도덕경을 해석하려면 퍼즐 맞추기를 해야 합니다. 현재 엮어진 순서대로 하면 해석이 불가능합니다. 그리고 도덕경은 낱말 하나하나에 매달려 낱말 해석의 함정에 빠지면 제대로 된 해석은 불가능합니다. 도덕경을 바르게 해석하려면 노자가 무슨 생각으로 무엇을 사람들에게 전달하려고 했는지 노자의 입장에서 해석할 수 있어야 합니다. 노자는 생명과 생명체의 소중함, 생명체의 첫 탄생과 구조, 운동, 변화를 설명하고, 태어난 생명체, 특히 사람이 어떻게 살아야 옳은 것인지를 말하고자 한 것입니다.

노자의 도덕경은 신비하거나 오묘하거나 해석 불가능한 경전이 아닙니다. 생명체를 말한 것입니다. 다만, 도덕경이 책으로 만들어질 때 편집이 잘못되어, 순서가 뒤바뀌어 해석이 어려워졌을 뿐입니다. 사람들은 해석이 되지 않으면 말이 되지 않는 것이라며 내버리거나, 오묘한 진리라고 떠받듭니다. 세상에 오묘한 진리는 없습니다. 확연하고, 맑고, 밝고, 단순한 것이 진리입니다. 그 유명한 노자의 도덕경을 모른다고 하면 자신의 품위가 깎인다고 생각하는 많은 거짓 학자들 때문에 도덕경은 해석되지 않은 오묘한 진리의 경전으로 전해졌습니다.

노자의 도덕경은 생명체를 말하는 아주 단순하고 보편적인 책입니다. 이제부터 2500년 전에 노자가 도덕경에서 말한 생명의 노래를 오늘의 시점에서 박해조의 빛철학, 생명철학으로 재구성하여 빛노래를 해 보겠습니다.

3. 빛철학으로 풀이한 도덕경

제25장 상원象元

有物混成 先天地生 吾不知己名 强字之曰道

하늘과 땅이 나뉘기 전에 우주에는 모든 물질이 하나로 섞여 있는 것이 있었는데 나는 그 이름을 알지 못하여 억지로 이름을 「본(道)」이라고 지었다.

제14장 찬현贊玄

視之不見 名曰夷 聽之不聞 名曰希 搏之不得 名曰微 此三者 不可致詰 故混而爲一

「본(道)」은 눈으로 볼 수 없어서 이夷라 하고, 귀로 들을 수 없어서 희希라 하고, 손으로 잡을 수도 없으니 미微라고 한다. 그러나 「본」은 이·희·미로 알 수 있는 것도 아니며 이·희·미가 합쳐서 하나로 된 것이다.

제62장 위도爲道

道者萬物之奧

「본(道)」이 이 세상 모든 생명체의 속살이니 만물의 원료다.

제40장 거용去用

反者 道之動 弱者 道之用

「본(道)」은 언제나 파장으로 이루어진 파동운동을 왼쪽으로
하며 원으로 운동을 하고 있으니 언제나 출발한 자리로 되돌아
간다. 그리고 「본」이 새로운 상태로 변환할 때는 에너지가 포화
상태일 때다. 포화상태가 약弱해 보이지만 태풍의 중심, 눈처럼
잔잔한 상태, 농축된 에너지의 상태는 약해 보인다. 「본」은 그때
새로운 쓰임으로 변화한다.

제1장 체도體道

道可道 非常道 名可名 非常名 無名 天地之始 有名 萬物之母
此兩者 同出而異名 同謂之玄

「본(道)」의 질량은 언제나 같다(道可道). 그러나 「본」은 볼→붇→
번→받의 운동을 반복하다가 운동의 포화상태가 되면 「빛魂」으
로 변화한다. 「본」은 일상적이지 않다(非常道).

「본」이 변화하지 않으면 이름은 언제나 「본」이지만 「본」이 변화하면 이름도 함께 변화한다. 이름이 늘 한가지로 있지 않다 (名可名 非常名). 「본」이 생명체의 혼魂으로 변화하면 「빛」이라 하고 「빛」이 엄마의 자궁에 수태가 되면 「빛알」이라 하며, 「빛알」이 엄마의 자궁에서 세포분열을 시작하면 「빛살」이라 하고, 세포분열이 모두 완성되어 이 땅에 태어나면 「빛몸」이라 한다. 빛→빛알→빛살→빛몸으로 여러 번 이름이 바뀌었지만 이것들의 원료는 「본」의 변화된 다른 이름이다. 아가→소년→청년→장년→노년이란 이름도 한 사람이 성장하면서 변화할 때마다 바뀌는 이름들이다. 「본」의 변화된 이름도 그와 같다. 이름은 다르지만 본질은 하나며 「그」인 것이다.

「빛魂」이라고 하는 것이(無名) 하늘과 땅, 그리고 하늘과 땅에 사는 생명체의 시작이다(天地之始). 「빛몸」이라고 이름을 가진 것이(有名) 만물을 이루는 근원이다(萬物之母).

「빛」과 「빛몸」은 이름이 다를 뿐 「본」에서 나온 같은 것이다 (此兩者, 同出而異名). 「본→빛→빛몸」, 「도道→무無→유有」 이것은 다 같은 것이며, 모두 소중하고 신묘한 것이다. 생명체는 오묘하고 신묘하다(同謂之玄).

제42장 도화道化

道生一 一生二 二生三 三生萬物

「본(道)」은 빛魂을 낳고(道生一) 「빛魂」은 「빛알」을 낳고(一生二) 「빛알」은 「빛살」을 낳고(二生三) 「빛살」이 「빛몸」을 낳고(三生萬物) 이 땅의 모든 생명체의 몸은 「본」에서 비롯되어 빛·빛알·빛살·빛몸으로 변화하여 나타난 것이다.

제1장 체도體道

故常無 欲以觀其妙 常有 欲以觀其憿 玄之又玄 衆妙之門

「빛魂」은 항상(故常無) 마음의 눈으로 그려 보면 신묘하며(欲以觀其妙) 「빛몸」은 언제나(常有) 마음의 눈으로 선명하게 볼 수 있다(欲以觀其憿). 「빛魂」과 「빛몸」, 즉 혼과 육체는 신묘하고 또 신묘하며(玄之又玄), 「빛魂」과 빛몸을 구성하고 있는 「빛살(細胞)」에는 모두 빈틈이 있다(衆妙之門).

제6장 성상成象

谷神不死 是謂玄牝 玄牝之門 是謂天地根 綿綿若存 用之不勤

「본(道)」은 영원히 존재하며 「본」에서 나온 「빛魂」도 영원히 공간에 존재하며(谷神不死), 「본」은 신묘한 암컷처럼 끊임없이 창조하며(是謂玄牝), 「본」은 빨강빛과 파랑빛과 초록빛이 33.33…3%씩 셋과 0.00…1%의 빈틈으로 구성되어 있으며(玄牝之門), 「본」이 천지를 만들어 놓는 뿌리며(是謂天地根), 「본」의 빈틈이 없어지지 않는 한 「본」은 사용하고 또 사용해도 없어지지 않는 에너지가 누에고치에서 명주실이 나오듯 영원히 존재한다(綿綿若存 用之不勤).

제11장 무용-無用

三十輻 共一轂 當其無 有車之用 當其無 有器之 當其無 有室之用 故有之以利 無之以爲用

「본(道)」과 「빛魂」에 0.00…1%의 빈틈이 있다. 수레바퀴의 살이 30개인데(三十輻) 하나의 통에 모을 수 있는 것은(共一轂) 빈곳이 있기 때문이며(當其無) 이 빈곳이 수레를 유용하게 하며(有車之用), 빈곳이(當其無) 그릇을 유용하게 하며(有器之用), 집도 빈곳이(當其無) 당연히 방으로 유용하게 쓰이듯이 「본」과 「빛魂」도 빈틈 0.00…1%가 있기 때문에 생명체의 원료와 생명체로써 존재하는 것이다. 그러므로 실체 99.99…9%와(故有之以利) 빈틈 0.00…1%의 쓰임과 소중함은 같다(無之以爲用).

제1장 체도體道

無名 天地之始 有名 萬物之母

「빛魂」이 하늘·땅에 있는 만물의 시작이며(無名 天地之始), 「빛살 細胞」이 만물을 이루는 핵이다(有名 萬物之母).

제40장 거용去用

天下萬物生於有 有生於無

이 세상의 모든 만물은 「본」에서 「빛」으로 변환하여 빛알·빛 살·빛몸으로 낳은 것이며(天下萬物生於有), 이 세상의 모든 몸이 있 는 생명체는 각기 「빛魂」이 낳은 것, 「빛魂」이 육체로 변화된 것이 다(有生於無).

제42장 도화道化

道生一 一生二 二生三 三生萬物

그러므로 이 세상의 모든 생명체들은 「본(道)」이 「빛魂」으로 변화된 후(道生一), 「빛魂」이 빛알로 변화하고(一生二), 빛알이 빛살로 변화하고(二生三), 빛살(細胞)이 이 세상의 만물로 현존하고 있다(三生 萬物).

빛魂철학, 생명철학, 생명력의 철학에 대입하여 노자 도덕경을 해석해 보았습니다. 노자 도덕경의 출발 근원은 생명체의 원료와 구조와 운동과 변화입니다. 빛철학에서 쓰이는 언어와 노자 도덕경에서 쓰이는 언어는 다릅니다. 그러나 생명체의 본질을 설명하고 있다는 사실과 생명체의 변화를 설명하는 의미는 같습니다. 같은 것을 다른 언어로 표현하고 있는 것을 다시 한번 정리해 봅니다.

생명체	빛철학	도덕경
자연에너지	본	도道
혼魂	빛	무無
잉태	빛알	유有
세포분열	빛살	
탄생	빛몸	

빛철학에서는 생명체의 구조와 변화가 세분되어 자세하게 표현되어 있지만 도덕경에서는 포괄적으로 표현되어 있습니다. 결론은 생명체의 발생과 구조와 변화를 나타내는 철학은 같으나 빛철학이 도덕경보다 많이 우수하다는 것입니다.

4. 노자 도덕경의 핵심

노자 도덕경의 핵심은 도道와 현덕玄德입니다. 도道는 자연 에너지이며 도에서 무無와 유有가 나옵니다. 도는 무와 유가 하나의 세트로서 도→무→유는 하나의 생명체가 발원하고 변화되어서 이 땅에 태어나는 과정을 설명한 것입니다.

도→무→유의 과정이 생명체가 이 땅에 태어나는 순간까지라면 현덕玄德은 태어난 생명체, 특히 사람이라고 하는 생명체가 어떻게 살아야 올바른 것인가를 설명한 것입니다. 사람이 살아가는 기준이 현덕이라면 현덕이 무엇인지 알아야 합니다.

덕德을 말할 때 보통 대덕大德이라고 합니다. 그러나 도덕경에서는 현덕玄德이라고 했습니다. 대덕은 눈에 보이는 덕, 가늠해 능히 알 수 있는 덕, 베일에 싸여 신비한 덕이 아니라 대중적이며 사실적인 덕을 말합니다. 그러나 현덕은 대덕과 다릅니다. 눈에 보이지 않는 덕, 계량할 수 없는 덕, 검스럽고 신령스러운 덕이 현덕입니다.

도덕경 찬현편(제14장)에서 도의 실체를 설명하기를, 눈에 보이지 않으니 이夷라 하고, 귀로 들을 수 없으니 희希라 하고, 두 손으로 잡을 수 없으니 미微라 한다고 했습니다. 현덕의 모습도 도와 같습니다. 모든 사람들의 아픔을 품어 주되 소리 없이 하고, 모든 사람들에게 베풀어 주되 흔적이 없이 하고, 세상을 주관하여 경영하되 모습 없이 하는 것을 현덕이라 하며, 이렇게 하는 사람을 현덕을 갖춘 사람이라 합니다. 도와 현덕의 성질과 작용은 같은 것, 같은 뜻입니다.

도, 무는 실체 없이 존재하는 것입니다. 도는 자연 에너지며 무는 혼이기 때문입니다. 그러나 이 땅에 사는 사람은 육체, 실체가 있습니다. 현덕은 육체가 있는 사람이 살아가는 삶의 기준으로 삼기엔 보편적이지 않습니다. 너무 높은 삶의 기준은 열등감과 자책과 좌절을 느끼게 하여 많은 사람들을 슬픈 인생으로 만들 수 있습니다.

현덕을 아무 일도 아니듯 행할 수 있는 사람은 1세기, 혹은 몇 세기에 한 번 나올까 말까 하는 훌륭한 사람, 특별한 사람입니다. 그러므로 노자의 도덕경은 보편적인 사람들의 삶의 기준이 되는 교과서라기보다는 옛날의 왕도학王道學과 같은 것입니다. 요즈음 말로 하면, 최고 리더십 교본이라 할 수 있습니다.

노자 도덕경의 핵심은 도와 현덕인데 현덕이 보편적이지 않기 때문에 보편적인 인간들에겐 크게 필요치 않은 철학입니다. 스스로 최고 인간이기를 원하는 사람들에게 필요한 것입니다. 그러나 최고 인간이라고 생각하는 사람들은 노자 도덕경을 옳게 해석을 못하였으니 노자 도덕경은 2500년 동안 사람 사는 세상에 순기능의 기여가 크지 않았다고 봅니다. 오히려 역기능이 많았습니다. 역기능의 원인을 찾아 봅니다.

5. 노자 도덕경의 오류

　노자의 도덕경은 생명체의 근원과 생명체가 탄생하는 과정과 태어난 생명체가 어떻게 살아가야 옳은가를 설명하는 생명체 철학입니다. 그런데 도덕경을 저술하는 과정에서 생긴 몇 가지 오류가 도덕경이 생명체를 말하고 있다는 사실을 간결하게 깨닫지 못하게 합니다. 생명체만큼 신비하고 소중한 것이 없음에도 도덕경의 해석을 바르게 하지 못한 후세의 사람들이 도덕경에 생명체를 뛰어 넘는 신비한 그 무엇이 있는 양 오해하여 많은 시행착오를 합니다. 시행착오를 하게 한 도덕경의 오류를 몇 가지 간추려 봅니다.

　첫째, 도道입니다. 도는 태초에 처음 만들어진 에너지에 노자가 임의로 명칭을 붙인 것입니다. 도道=자연 에너지입니다. 그런데 도를 자연 에너지가 아닌 곳에도 사용합니다. 사람이 사람답게 사는 기준인 도리道理, 사람이 오고 가는 길(道), 물이 지나가는 물길(水道), 사람이 심신을 수련하는 수도修道, 이렇게 자연 에너지가 아닌 것들을 나타내는 말로 도를 함께 혼용하기 때문에 도道

가 자연 에너지라는 사실을 착각하게 만들었습니다. 혼용할 수밖에 없었다면 자연 에너지의 도일 때는 「도道+」로 하고 도리, 길, 수도 등의 뜻일 때는 그냥 도道를 썼다면 착각하지 않았을 것입니다. 도덕경의 정점이 도인데 도를 착각하면 나머지 모두 착각하여 해석에 오류가 생기는 것은 당연합니다.

둘째, 무無입니다. 무는 도에서 나온 것이니 혼魂입니다. 그러므로 무라는 말을 사용할 때도 혼을 뜻할 때는 무無+로, 물건이 없을 때의 무無는 그냥 무로 나누어 사용했어야 합니다. 도덕경 11장 무용에 보면, 당기무 유차지용(當其無 有車之用), 당기무 유기지용(當其無 有器之用), 당기무 유실지용(當其無 有室之用)이라는 말이 나오는데 여기에서 사용된 당기무當其無는 당기공當其空이라고 했어야 옳습니다. 수레와 그릇과 집의 방은 무無가 있어서 쓰임이 있는 것이 아니라 빈 공空이 있어서 쓰임이 있기 때문입니다.

무無는 존재하지만 지금 보이지 않는 어떤 대상을 말합니다. 돈이 없다. 사람이 없다는 것은 어딘가에 있지만 지금 이곳에 없다는 것입니다. 그러나 빌 공空은 대상이 아니라 공간을 말합니다. 그러므로 수레바퀴통과 그릇과 방은 빈 공간이 있어야 쓰임이 있으며, 애초에 만들 때 빈 공간을 위하여 설계가 마련된 것입니다.

무無=혼魂이라는 공식이 성립이 되지 않아 많은 오류가 생겼습니다. 무심無心, 무위無爲, 무념無念, 무욕無慾, 무상無常을 일상생활에서 보편적인 사람들이 많이 얘기합니다. 무심, 무욕, 무위는 보편적인 사람은 경지에 갈 생각조차 하지 않아야 하며, 아무리 뛰어난 사람도 이루어 낼 수 없는 것입니다. 무無가 혼魂이라는 사실만 확실히 안다면 왜 가능하지 않은지 금방 알 것입니다. 무위는 혼처럼 행동하는 것이며, 무상은 혼처럼 일상을 살라는 것입니다. 무념, 무욕, 무심은 혼처럼 생각하며, 마음먹고 살라는 말입니다. 육체가 있는 사람으로서는 가능하지 않은 삶의 형태입니다.

댐에 모여 있는 물은 잔잔합니다. 댐의 호수가 하늘이며 호수의 물이 혼입니다. 무심, 무념일 정도로 호수의 물은 잔잔합니다. 댐의 수문이 열려 밑으로 물이 흘러갑니다. 댐의 수문 이편은 땅의 세상, 육체로 사는 세상입니다. 댐의 수문으로 처음 나오는 물은 격렬합니다. 격렬한 물줄기는 강물이 되어 아래로 흐르는 동안 잔잔해집니다. 그러나 댐 안의 호숫물보다 훨씬 거칩니다. 무심, 무욕, 무념, 무위는 댐 안에서 가능하지만 댐의 수문이 열리는 순간, 이 세상에 태어나 몸을 지니고 사는 순간부터 가능하지 않은 개념입니다. 실현할 수 없는 삶의 기준을 설정해 놓으면 자책하는 사람을 많이 만들거나, 말과 행동이 다른 사람을 많이 만들어 놓습니다.

셋째, 유有입니다. 자연 에너지인 도道가 무無를 낳고, 무가 유를 낳습니다. 이것은 도덕경에서 생명체를 얘기하는 근본이며 기본 줄기입니다. 그러므로 도덕경에서 유有는 생명체의 세포거나 세포가 집합하여 하나가 된 생명체의 몸입니다. 그러므로 생명체의 몸을 나타낼 때의 유有는 프러스 유有+로 차별화시켰어야 착각하지 않습니다.

그런데 무용편(11장)에 보면 유차지용有車之用, 유기지용有器之用이 나옵니다. 여기에서 유有는 공간이 있다(有), 그러므로 쓰임이 있다(有)로 표현이 됩니다. 생명체의 몸을 표현할 때 쓰이는 말(有)이 물건이 「있다」고 할 때(有)도 쓰이니 혼란이 생겼습니다. 도덕경의 핵심이 생명체를 설명하고자 한 것이며, 생명체를 설명하고 표현하는 핵심 언어가 도道, 무無, 유有인데 이 세 말이 혼돈에 빠지게 되니 도덕경의 해석이 혼돈에 빠진 것입니다.

넷째, 신神입니다. 도덕경 제6장 성상成象에 곡신불사谷神不死란 구절이 있는데 도덕경에서 처음이자 마지막으로 신이라는 말이 등장합니다. 여기에서 말하는 것은 생명체의 근원, 혼魂의 본질과 형상입니다. 생명체의 본질을 설명해야 할 차례에 느닷없이 신神이라는 말을 함으로써 혼란을 일으킵니다. 곡신불사란 「어느 계곡에 사는 죽지 않는 신神」이 아니라 생명체의 혼魂을 말한 것입니다. 곡신불사란 표현 대신 「하늘에 태어나기를 기다리는 생명체의 혼魂」이 있다고 표현했다면 도덕경은 명확하고 간명한 경전이 되었을 것입니다.

다섯째, 현빈玄牝입니다. 현빈이란 신령스러운 암컷을 말합니다. 이것은 생명체의 운동성이 어떻게 이루어지고 있는지 설명하기 위하여 설정한 것입니다. 암컷의 특징은 「낳는다」입니다. 생명체는 끊임없이 운동합니다. 운동은 반복해서 부풀어 오르고 잦아지는 파동운동이며, 파동이 모여 파장을 이룹니다. 그리고 생명체의 혼이 알이 되고, 알이 살이 되고, 살이 몸으로 변환합니다. 이 변화를 '낳는다'고 표현하면 혼은 알을 낳고, 알은 살을 낳고, 살은 몸을 낳는다고 할 수 있습니다. 생명체는 끊임없이 변화합니다. 변화를 낳고 또 낳는 현상으로 보면 생명체를 신비하고 또 신령스러운 암컷(玄牝)으로 묘사할 수도 있습니다. 그러나 그 묘사가 도덕경을 어렵게 만들어 놓았습니다.

여섯째, 문門입니다. 성상편(제6장)에 보면 곡신불사 시위현빈 (谷神不死 是謂玄牝) 현빈지문 시위천지근(玄牝之門 是謂天地根)이란 내용이 나옵니다. 글자 내용대로 뜻을 풀면, 「어떤 계곡에 죽지 않는 신 神이 있는데 이것을 신령스러운 암컷이라 하고, 신령스런 암컷에 겐 문門이 있는데 이 문을 일러 천지의 뿌리라 한다」입니다. 글자 가 말하는 뜻대로 풀어 본 내용은 오묘하고 신령스럽고 신비합 니다. 오묘하고, 신령스럽고, 신비하도록 표현하였기 때문에 2500년간 도덕경이 오류의 생산지가 됩니다. 곡신불사谷神不死 시 위현빈是謂玄牝은 생명체의 에너지의 영원함과 생명체의 끊임없 는 변화를 나타낸 것이며, 현빈지문玄牝之門은 생명체가 존재하려 면 자체의 운동이 있어야 하는데 운동이 이루어지려면 빈틈이 있어야 합니다. 현빈지문은 생명체가 운동할 수 있는 구조를 설 명한 것입니다. 생명체의 구성은 파랑빛+초록빛+빨강빛의 셋은 각기 33.33…3%로 구성되어 있으며, 이 셋이 운동할 수 있는 공 간 0.00…1%가 있습니다.

생명체를 구성하는 삼원빛 99.99…9%가 본질이니 중요하지 만 공간 0.00…1%가 없다면 죽고 맙니다. 생명체의 존재 조건으로 본질 99.99…9%와 별것 아닐 것 같은 공간 0.00…1%는 같은 값으로 중요합니다. 현빈지문玄牝之門은 생명체의 운동공간 0.00…1%의 빈틈, 공간을 말합니다. 천지는 에너지로 가득하며, 생명체는 에너지가 원료며, 영양이며, 요람입니다. 생명체와 에너지로 가득한 곳이 천지이며 생명체와 에너지가 가득하기 때문에 천지가 만들어졌습니다. 그러므로 생명체와 에너지가 존재할 수 있는 운동 공간인 0.00…1%가 천지의 뿌리입니다. 생명체와 에너의 0.00…1%의 운동 공간을 나타낸 것이 현빈지문 시위천지근(玄牝之門 是謂天地根)인 것입니다.

도덕경 81장 가운데 가장 큰 오류를 만든 것이 성상편(제6장)입니다. 도교道敎를 믿는 신도들 가운데 새로운 유파가 탄생하는데 이들은 양생법陽生法을 신봉합니다. 양생법의 뿌리가 성상편의 곡신불사, 현빈지문(谷神不死, 玄牝之門)입니다. 죽지 않는 신神처럼 영생하는 방법으로 신령스런 암컷의 문(玄牝之門)에서 음기陰氣를 취하는 것입니다. 양생법을 만든 사람들은 현빈玄牝을 동정녀, 그러니까 나이가 어린 숫처녀로 보았고 지문之門을 동정녀의 성기性器로 해석한 것입니다. 도덕경의 부정확한 표현으로 엄청난 오류를 만들어 내어서 도교의 품격이 하급으로 떨어지게 되었으며, 도교의 양생법이 민간인, 도교의 신도가 아닌 사람들에게도 유포되어 동정녀에게서 음기를 취하여 장생長生하는 것이 진리인양 착각하는 많은 사람들을 만들었습니다. 학문學問의 표현은 간결하고 정확해야 하는 까닭이 여기에 있습니다.

도덕경의 핵심을 한번 더 정리해 보면, 도덕경은 생명체의 근원이 되는 자연 에너지인 도道+와 도道+에서 나온 혼魂인 무無+의 구조와 변화, 그리고 무無+에서 나온 육체인 유有+가 현덕玄德을 갖추어 살아야 한다는 생명체의 입체적 얘기입니다. 문제는 생명체를 얘기하고 있다는 사실을 눈치 챌 수 없도록 쓰여져 있다는 것입니다. 여기에서 해석하지 않은 도덕경의 내용은 모두 현덕을 갖춘 사람이 어떻게 처신하고, 세상을 어떻게 경영하는 것이 옳은지 설파한 것이어서 설명을 생략했습니다. 노자의 도덕경 해석은 이쯤 하고 다음은 오래 전부터 한민족에게 전해져 온 천부경天符經을 해석해 보겠습니다. 노자 도덕경은 총 81장으로 쓰여져 있지만 그렇게 길고 복잡하게 설명할 것도 없었던 내용입니다. 내 의견을 반영이라도 하듯 천부경은 81개의 글자로 쓰여졌지만 내용은 노자 도덕경 81장과 꼭 같습니다.

천부경

1. 천부경 전문全文

一始無始一析三極無盡本天一一地一二人一三一積十鉅无櫃
化三天二三地二三人二三大三合六生七八九運三四成環五七一
妙衍萬往萬來用變不動本本心本太陽昻明人中天地一一終無終
一

이것이 천부경의 전문全文인 81개 글입니다. 81개의 글이 띄어
져 있지 않고 연속으로 나열되어 있습니다.

천부경을 하나의 문장으로 만들려면 먼저 연속으로 나열되
어 있는 글자를 내용에 맞게 글과 글을 띄어 놓아야 합니다. 천
부경을 해석하는 첫 걸음은 문장을 만드는 것이며, 문장을 만들
려면 띄어쓰기를 해야 합니다.

2. 천부경 띄어쓰기

一始無始一　析三極　無盡本

天一一 地一二　人一三

一積十鉅　无櫃化三

天二三　地二三　人二三

大三合六生 七八九運 三四成　環五七

一妙衍　萬往萬來　用變不動本

本心本太陽　昂明人中天地一

一終無終一

띄어쓰기가 끝났습니다. 글자의 나열에 지나지 않았던 천부경이 문장의 구성으로 다시 태어났습니다. 문장으로 변신한 천부경을 해석할 차례입니다.

3. 천부경 해석

천부경天符經, 빛魂의 탄생과 환생경전環生經典

일시무시일一始無始一

빛魂의 시작은(一始) 자연 에너지(無)이며, 자연 에너지의 시작도 빛(一)이다.

석삼극 무진본析三極 無盡本

빛魂은 셋으로 나뉘어도 근본의 질량은 닳아서 없어지지 아니한다.

천일일天一一

빛魂의 구성은 파랑빛 하나와

지일이地一二

빨강빛 하나와 합치니 둘이며

인일삼ㅅ一三

초록빛 하나를 또 합치니 빛의 구성은 파랑빛 하나, 빨강빛 하나, 초록빛 하나, 합쳐서 삼원빛이다.

일적십거一積十鉅

빛魂의 운동 변화의 법칙은 분열과 융합을 반복하여 최대치로 커지더라도,

무궤화삼无櫃化三

파랑빛과 빨강빛과 초록빛 셋으로 돌아간다.

천이삼天二三

빛魂이 자궁에 잉태하여 분열과 융합을 시작하면, 파랑빛은 파랑빛알(二)이 되고, 파랑빛알은 다시 파랑빛살(三)이 되며,

지이삼地二三

빨강빛도 빨강빛알(二)과 빨강빛살로 변화하며,

인이삼ㅅ二三

초록빛도 초록빛알(二)과 초록빛살(三)로 변화한다.

대삼합육생大三合六生

엄마의 자궁에서 빛魂이 빛알과 빛살의 변화 과정을 완성(大三合)하면 빛은 빛몸으로 이 땅에 태어나(四), 아기(五)와 소년(六)으로 되태어나(生) 어른으로 살아갈 준비를 한다.

칠팔구운七八九運

소년은 어른으로 성장한다. 청년(七), 장년(八), 노년(九)으로 변화하며 삶을 살아간다(運).

삼사성三四成

이 세상에 태어나 아이, 소년, 청년, 장년, 노년의 마디 삶을 끝내고 빛魂이 되어 공간에 있다가 다시 수태(三)되어 이 세상에 태어나(四) 빛몸으로 완성(成)된다.

환오칠環五七

빛몸으로 완성된 아기는 다시(環) 소년, 청년(七), 장년(八), 노년의 삶을 마치고 빛魂으로 돌아가니 삶은 끊임없이 돌고 도는 환생環生이다.

일묘연一妙衍

빛(一)의 퍼져나가는 운행(衍)은 오묘하고 또 오묘(妙)하여,

만왕만래萬往萬來

우주 공간의 모든 공간을 자유로이 오고(萬來) 가며(萬往),

용변부동본用變不動本

빛魂은 빛魂으로 있을 때나 육체로 태어나도 에너지의 질량에는 변화가 없다(不動本),

본심본태양本心本太陽

모든 생명체의 바탕 중심(本心)은 따뜻하고 온화함이(太陽) 근본(本)이며,

앙명인중천지일昻明人中天地一

언제나 마음속에서 밝음이 움터나고, 밝음을 우러러(昻) 볼 수 있는 사람의 중심(人中)에는 초록빛과 파랑빛과 빨강빛의 삼원빛이 균형 맞추어져 있어서 삶도 동그라미처럼 균형이 맞아 아름답고 강한 사람이다.

일종무종일一終無終一

빛魂의 끝은(一終)은 자연 에너지며(無), 자연 에너지의 끝도 빛魂이다.

천부경을 글자의 뜻에 맞추어 원론적으로 해석했습니다. 이 해석은 원론적이고 토막토막 되어서 잘 이해하기가 어려울 것입니다. 천부경을 응용적인 산문으로 재구성하여 해석해 보겠습니다. 천부경을 어떻게 해석해 본들 한 번에 이해하기는 힘들 것입니다. 그런 줄 알면서도 어떻게 하면 좀 더 이해를 시킬 수 있을까 고민한 결과가 이것입니다.

"한민족에게 예부터 전해져 내려온 삶의 기본이며 기준이며,

문화와 언어와 철학, 종교의 씨앗이 되는 생명체의 구조와 탄생의 원리와 환생의 법칙을 압축해 놓은 경전이 있었으니 이것을 천부경天符經이라 합니다.

빛魂은 자연 에너지에서 생겨나며 빛도 자연 에너지로 돌아갑니다(一始無始一). 빛魂은 셋으로 나누고 또 나누어도 빛魂이 없어지거나 닳아서 사라지지 않습니다(析三極無盡本).

빛魂의 구성은 파랑빛과 빨강빛과 초록빛이 합쳐서 하나로 이루어진 삼원빛 운동체입니다(天一一 地一二 人一三).

빛魂이 엄마의 자궁에 수태가 되면 분열과 통합의 반복운동을 계속합니다. 빛魂은 분열과 통합운동으로 빛몸이 이루어지며, 빛몸으로 크게 자라나더라도 본래의 구성체인 삼원빛, 초록빛과 파랑빛과 빨강빛은 변함없이 그대로 유지합니다(一積十鉅无櫃化三).

빛魂이 자궁에 수태된 순간부터 분열과 통합운동을 시작하는데 초록빛은 초록빛알과 초록빛살로, 파랑빛은 파랑빛알과 파랑빛살로, 빨강빛은 빨강빛알과 빨강빛살로 변화되어 약 열 달 후에 분열과 통합이 완성되면 이 세상, 이 땅에 태어나 아기, 소년, 청년의 삶을 살아갑니다(天二三地二三人二三大三合六生).

아기가 소년이 되고 소년이 청년이 되는 과정을 성장한다고 합니다. 성장도 변화이기는 합니다만, 청년이 장년이 되고 장년이 노년이 되며, 노년이 삶을 다하여 죽는 것은 지극한 변화며 운행입니다. 삶은 성장, 변화, 운행입니다(七八九運).

이 세상에 태어나 아기, 소년, 청년, 장년, 노년의 한 순환의 삶을 마치고 하늘나라로 돌아갔던 빛魂이 다시 이 세상에 태어나 아기, 소년, 청년, 장년, 노년의 삶을 새로 시작하니 빛魂은 영원하며, 끝이 없는 원순환의 환생環生입니다. 우리의 삶은 단편이 아니라 입체이며, 선線이 아니라 원圓입니다(三四成環五七).

빛魂이 퍼져나가는 운행은 자유자재라서 모든 우주 공간에 오가는 오묘한 능력이 있으며, 하늘에 빛魂으로 있을 때나 이 땅에 태어나 빛몸으로 있을 때나 질량의 상태는 언제나 같기 때문에 한없이 다시 태어나는 환생을 반복하면서 빛魂의 원료가 없어지는 일은 절대로 없습니다(一妙衍萬往萬來用變不動本).

모든 생명체의 본래 마음은 따뜻하며 항상 밝음을 움터내며 밝음을 우러러 잊지 않는 사람의 혼魂은 늘 초록빛과 파랑빛과 빨강빛의 균형이 맞추어 있어서 희·노·애·락과 이기利己와 이기利己와 주관과 객관과 느림과 빠름의 균형도 함께 맞추어져 있습니다. 이런 사람을 최고의 선비, 「지도자」라고 합니다(本心本太陽

昂明人中天地一).

빛魂이 이 세상에 육체로 태어나 아기에서 노년까지의 삶을 끝내면 자연 에너지로 돌아가니, 빛魂의 끝은 자연 에너지로 보지만 자연 에너지는 다시 빛魂으로 변환되어 생명체로 지구에 또 태어나게 되니 자연 에너지의 끝은 또한 빛魂입니다. 빛魂과 자연 에너지는 서로가 서로에게 시작이며(一始無始一), 서로가 서로에게 끝입니다(一終無終一)."

여기까지 설명한 것이 천부경 81자에 담겨 있는 생명체의 탄생과 성장과 소멸의 모습이며 진정한 빛철학입니다. 한편, 생각해 보면 생명체의 탄생과 성장과 소멸, 그리고 다시 태어나는 순환의 과정을 이런 언어의 형태로 남겨 놓았다는 것은 생명체철학, 빛철학을 이미 천부경을 작성하기 훨씬 전부터 잊어버렸다는 증거일 수도 있습니다. 천부경은 생명체를 생각하지 않고는 풀어낼 수 없는 생명체의 퀴즈와 같은 것입니다. 이제는 완전히 암호가 됐습니다.

그런데 몇천 년간 이어온 생명체의 퀴즈, 생명체의 암호가 이제 풀렸다고 생각합니다.

유학

1. 유학의 핵심

(1) 유학의 탄생

유학은 기원전 551년에 중국의 노나라에서 태어난 공구孔丘, 자字는 중니仲尼, 나중에 공자孔子라고 불린 사람으로부터 시작됩니다. 유학을 깊이 연구한 많은 학자들의 의견을 종합해 보면, 유학은 공자의 독창적인 창작품이 아니라고 합니다. 중국은 하·은·주라고 하는 문화가 발달한 세 나라를 이어서 내려온 나라입니다. 공자는 하·은·주 세 나라 가운데 주나라를 으뜸으로 생각하고 있었습니다.

공자는 주나라를 그리워하다가 주나라 문화를 연구하기 시작했고, 주나라 문화를 연구하다 보니 하·은·주 세 나라 문화로 거슬러 올라갑니다. 공자는 하·은·주 세 나라 백성들이 삶의 기준으로 삼았던 철학, 나라를 경영했던 지배계급의 경영학, 왕도학, 군주학을 섭렵하여 모았을 것입니다. 이렇게 모은 하·은·주세 나라의 철학을 편집하고 정리한 것이 유학입니다.

공자가 살았던 시대의 중국은 여러 개의 나라로 분열되어 언제나 전쟁이 일어났습니다. 항상 전쟁 상태였습니다. 공자는 중국이 하나로 통일되어 태평시대를 누렸던 하·은·주의 시대가 그립고 부러웠을 것입니다. 그런 마음이 자연스럽게 하·은·주의 문화와 철학을 연구하게 하였을 것입니다. 무엇이, 무엇을 가지고 나라를 분열시키지 않고 통합하여 몇백 년씩 태평시대를 유지하게 하였을까? 그 의문의 해답으로 찾아 낸 것이 유학입니다. 사람의 불행을 아파하는 사람만 할 수 있는 일을 공자는 해냈습니다. 공자는 성인聖人으로 존경받을 만큼 훌륭하다고 생각합니다.

유학과는 다르지만 유학과 같은 역사를 닮은 철학이 있습니다. 유대인들이 삶의 기준으로 삼는 「탈무드」입니다. 「탈무드」는 유대인들이 몇천 년을 살아오는 동안 많은 현자賢者들의 언행과 결정을 기록하여 후세 사람들이 삶의 근본으로 삼도록 한 지혜로 가득한 책입니다. 그러나 「탈무드」는 편집자가 없습니다.

기록한 사람도 한 사람이 아닙니다. 많은 사람들이 알음알음 기록한 책입니다.

유학은 역사성이나 편집의 과정이 탈무드와 비슷합니다. 그러나 유학의 체계는 공자라는 한 사람이 편집하여 저술한 데서 비롯됩니다. 대단한 일을 한 것입니다. 유학은 중국의 전국시대에 평화를 그리워하고, 사람이 사람답게 살기를 바라는 공자라는 탁월한 사람이 있었기에 이 세상에 태어나게 된 것입니다.

(2) 유학의 단점

아무리 훌륭한 사상이나 이념, 철학도 단점이 하나 둘은 있게 마련입니다. 유학도 그렇습니다. 유학에도 치명적인 단점이 있습니다. 이제부터 단점을 찾아보겠습니다.

첫째, 유학은 지나치게 완벽하다는 것이 훌륭한 점이자 단점입니다. 보통 백성들이 지켜 나가야 할 삶의 법도가 일거수일투족 세밀하게 언급되어 있으며, 선비들이 세상을 살아 나가면서 아랫사람을 거느리고 윗사람을 공경하는 법도, 그리고 나라를 경영하는 군주가 갖추어야 할 요건과 행하여야 할 법도가 너무 자세히, 완벽하게 짜여 있습니다. 지나치게 자세한 내용이 완벽하게 짜여 있으면 살아가는 데 편리할 수도 있습니다. 그 내용만 암기하여 그대로 실천하면 아무 문제가 없으니 삶이 쉬울 수도 있습니다.

그러나 완벽한 이론에는 상상력이 끼어들 여지가 없는 것이 단점입니다. 상상력이 없게 되면 새로움이 개입할 여지가 없게 됩니다. 새로움이 없게 되면 미래와의 소통이 없게 됩니다. 미래와의 소통이 없게 되면 미래와는 단절이 되며, 그것은 퇴보이며 죽음입니다. 더욱 위험한 것은 완벽한 그 이론이 국시國是로 정해져 국가의 경영과 백성들 삶의 기본으로 채택되었을 때입니다.

그 좋은 예가 태조 이성계가 문을 연 조선입니다. 조선은 유학을 국시로 삼습니다. 조선이 유학을 국시로 삼은 것은 고려의 영향이 큽니다. 고려는 불교가 국시는 아니었지만, 고려 말에 이르러 불교의 영향력은 국시에 가까웠습니다. 불교는 유학에 비하면 상상력을 가미할 만한 여백이 있습니다. 태조 이성계는 상상력을 가미할 만한 철학이 고려를 망하게 하였다고 생각했을 수도 있습니다. 그래서 상상력을 허용할 수 없는 완벽한 이론을 갖춘 유학을 국시로 삼았을 수도 있습니다. 불교의 자업자득일 수도 있습니다.

　결론으로 말하면 유학을 국시로 삼은 조선은 그로 인하여 망합니다. 조선왕조 500여 년간 모든 백성들에게 상상력을 허용하지 않았으니 조선이 망한 것은 당연합니다. 상상력을 허용하지 않는 완벽한 학문은 암기하는 방법밖에 없습니다. 조선 500년의 시대는 암기 시대입니다. 나라를 경영할 인재들을 모아 성균관이라는 건물에 들여앉혀 놓고 암기만 시켰습니다. 인재를 등용할 때도 암기한 것을 기준으로 문제를 풀도록 했으며 암기한 유학의 틀을 벗어난 해답은 받아주지 않았습니다.

　조선 이전의 시대, 삼국시대에는 국가를 경영할 인재들은 신라의 화랑도와 같이 산과 강에서 자연의 호기를 접하며, 한 사람이 문文과 무武를 겸비한 진정한 전인간全人間으로 성장시켰습니다. 이러한 훈련을 한 사람에게는 암기만 한 사람과 다른 활달함과 창의성과 혁신의 기상이 있습니다. 조선 500년 동안 유학을 국시로 삼아 암기로 시작해서 암기로 끝을 보았으니 한민족은 활달함, 창의성, 혁신성이 거세되고 말았습니다. 유학과 다른 활달함, 창의성, 혁신성을 가진 사람은 이단異端으로 낙인이 찍혀 정상적인 삶을 살아갈 수 없었습니다. 유학 자체의 완벽성과 유학을 국시로 삼은 선택의 결과입니다.

둘째, 유학은 사람이 태어나서 죽을 때까지 행하여야 할 예·의·지·신에 관하여는 완벽합니다. 그러나 사람의 삶은 그것이 모두는 아닙니다. 태어나기 전과 사망한 후의 상태도 알아야 합니다. 유학에는 그것이 없습니다. 태어나기 전과 사망한 후의 상태가 없이 이 세상에 살아 있을 때만 말한다면, 그것은 선線입니다. 삶은 선이 아니라 원圓입니다. 직선이 아니라 동그라미가 맞습니다. 유학은 동그라미의 학문이 아니라 선의 학문입니다. 동그라미가 입체라면 선은 평면입니다. 유학은 평면의 학문입니다. 유학이 선과 평면의 학문이 된 것은 공자의 취향 때문입니다.

한민족의 제사 풍속을 유교의 유산이라고 믿는 사람들이 많습니다. 그러나 공자는 생전에 제사를 지낸 적이 한 번도 없습니다. 제사 풍속은 유교와 상관없는 한민족 고유한 풍속입니다. 공자가 제사를 지내지 않게 된 까닭은 「은」나라와 관계가 있다고 봅니다.

공자는 「주」나라를 건국한 「문왕」을 흠모합니다. 그와 함께 「문왕」에게 멸망 당한 「은」나라 문화도 그리워합니다. 「은」나라 문화를 그리워하는 사람이니 「은」나라가 멸망한 원인을 분석하는 것은 당연합니다. 「은」나라가 멸망한 원인은 제사에 있었다고 결론을 내립니다. 「은」나라는 말기에 매일 제사를 올립니다. 지금 식으로 말하면, 일요일엔 「일신日神」에게 제사 지내고, 월요일엔 「월신月神」, 화요일엔 「화신火神」, 수요일엔 「수신水神」, 목요일엔 「목신木神」, 금요일엔 「금신金神」, 토요일엔 「토신土神」, 이렇게 매일 제사에 열중하다 보니 재정이 파탄 나고, 백성들은 가무에 빠져 게으르게 되어 「은」나라가 멸망하게 되었다고 봅니다. 그런 연유로 공자는 제사를 평생 지내지 않은 것은 물론, 하늘과 신神과 마음과 예술에 관한 얘기를 하지 않게 된 것입니다.

「은」나라 문화를 흠모하던 공자에게 「은」나라는 편견을 심어 주었습니다. 「하」나라와 「은」나라와 「주」나라를 거쳐 오는 2000여 년간 사람들의 세상을 유지시켜 주었던 철학은 방대한 것이었으며, 사람이 어디서 어떻게 있다가 태어났으며, 어떻게 살아야 최선의 삶이며, 죽은 후에 사람의 혼은 어디로 가서 어떻게 산다는 것이 포함되어 있었을 것입니다. 원의 철학이며, 형이상학과 형이하학의 균형이 잘 맞는 철학이었을 것입니다.

「은」나라의 말기 풍속인 문란한 제사 때문에 편견이 생긴 공자는 하·은·주의 문화와 철학을 총정리하는 과정에서 형이상학인 하늘·신·혼에 관한 학문은 모두 빼 버리고 육체로 생존해 있는 동안만 필요한 예·의·지·신만 남겨 놓게 됩니다. 생존해 있는 동안 필요한 것들만 집대성해 놓았으니 유학은 지독한 실존實存 학문이 되고 말았습니다. 실존 학문도 훌륭합니다. 다만, 실존 학문은 여러 가지 다른 학문과 어우러져 한 분야를 담당해야 하는데 이것 하나만 유일의 학문, 유일사상, 국시로 정해졌을 때는 낭패만 있습니다. 유학은 엄격한 형이하학의 학문이며, 아름다운 선의 학문이며, 외경스러운 실존 학문입니다.

셋째, 공자는 유학을 정리할 때 형이상학을 말없이 삭제만 한 것이 아니라 제자들과의 문답에서도 대놓고 형이상학을 폄하합니다. 제자인 자로가 「귀신은?」하고 묻습니다. 공자의 대답은 「사람을 바로 알지도 못하고 섬기지도 못하는데 귀신을 알고 섬기겠느냐?」라고 합니다. 자로가 또 「죽음은?」하고 묻습니다. 공자의 대답은 「살아 있는 사람의 삶도 모르는데 죽음을 알겠는가?」라고 다시 말을 붙일 수 없을 만큼 퉁명스럽게 말합니다. 그리고 「유가儒家는 하늘이 현령玄靈스럽지 않은 것을 알며, 귀신이 신비하지 않은 것을 안다. 하늘과 귀신을 좋아하지 않는다.」 이렇게 하늘과 귀신과 단호하게 선을 긋습니다.

그러나 성인인 공자도 자신의 학문적인 논리대로 살지 못한 듯합니다. 노년에 와서 사랑하는 사람들이 죽을 때 하늘 얘기를 합니다. 제자 안현이 사망했을 때 「하늘이 나를 버렸다. 나를 아는 사람이 없다. 하늘만 알 것이다.(논어, 헌문) 이렇게 한탄합니다.

「하늘은 사람의 시초며, 부모는 사람의 근본이니 막바지에 몰리면 근본으로 돌아간다. 괴롭고 피곤하면 하늘을 부르며, 병들어 고통스러우면 부모를 부른다.」라고도 말합니다. 그리고 「천명天命을 모르면 군자君子가 아니라고」 단언합니다. 그리고 제사 자체를 혐오하던 공자가 말년에 중요한 순서를 생략하고 나면 「꼭 제사를 지내지 않은 듯 뭔가 허전하구나」라고 했습니다. 공자의 학문적 논리와 삶의 모순에서 자연스러운 사람의 냄새가 나서 친근감을 느낍니다.

살아 있을 때 어떻게 하면 최선의 삶을 살아서 사람이 사는 세상을 어떻게 최선의 환경으로 만드느냐에 초점을 맞추다 보니 유학은 실존의 극치가 되고 말았습니다. 실존 학문의 단점 가운데 하나가 사람의 품격을 높이는 방법이 논리만 있을 뿐, 수도修 道의 방법이 없다는 것입니다. 유학에서 수도의 흔적으로 유일한 것이

「수신제가修身齊家」

입니다. 수신修身이라고 하면 「몸을 닦는다」는 말이니 「닦는다」
란 뜻은 본래의 몸에서 부풀었거나, 비뚤어졌거나, 말랐거나, 늘
어졌을 때 본래의 몸 상태로 돌아가라는 뜻인 줄 알겠습니다. 그
런데 이왕이면 수신이라 하지 않고 수심修心이라야 옳습니다. 마
음이 급하거나 거칠거나 늘어졌을 때, 정갈하고 바르게 만들면
몸도 함께 반듯해집니다. 왜 수심이라 하지 않고 수신이라 했을
까?

그러나 성삼품설性三品說을 보면 의문은 풀립니다. 성삼품설을
보면, 다음과 같은 구분이 나옵니다.

상인上人= 태어나면서부터 아는 사람

중인中人= 태어나 배워서 아는 사람

하인下人= 우둔하나 배우고 또 배우는 사람

어리석은자= 우둔한 것이 배우지도 않는 사람

상인과 중인은 형이상학을 아는 사람이니 형이상학은 이 사

람들에게 말하고, 하인과 어리석은 사람은 형이하학이니 형이하학은 이 사람들에 말한다고 되어 있습니다. 그리고 재미난 것은 시간이 지나도 생각이 변화되지 않는 부류는 상인과 어리석은 사람이라 하였습니다. 이것은 상인은 천재급이니 자만심 때문에 자신의 생각이 변하지 않으며, 어리석은 사람은 생각이 없으니 생각이 변할 수 없는 것일 것입니다.

수신이라는 말은 중인 이하에게 필요한 말이며, 수심이라는 말은 중인 이상에게 해야 알아들을 수 있는 말입니다. 상대에 따라 말(言)을 선택해 사용한 것이라 봅니다. 대단한 합리合理입니다. 그러나 문제는 유학을 맹신하는 선비들이 수심은 생각도 못하고 모두들 수신만 생각했다는 것입니다. 중인 이상의 사람들에게는 수신이라는 말 대신에 다음과 같은 훈을 줍니다.

"하루만 자기를 억제하면 예의禮儀를 찾을 수 있고, 예의를 회복하면 천하만물이 모두 인仁으로 오며, 인을 행하는 것이 성聖스러움이다. 그리고 덕德이 있는 사람은 삶을 찾기 위하여 인을 해치는 일이 없으며, 인을 이루기 위하여 내 몸을 죽이는 일도 없다."

이것이 수심입니다. 인을 이루어 실천하는 것이 마음을 닦는 방법이라는 것입니다. 수심의 방법으로는 좀 미약하지만 놀라운 진리입니다. 여기에서 말하는 인은 그동안 여러 가지로 해석해 왔지만 인은 유지, 계속 이어나가는 힘, 이어나가는 현상을 말합니다. 이 세상은 첫째 유지되어야 합니다. 그 다음에 발전을 말할 수 있습니다. 유학에서 인은 유지를 말합니다. 만고불변의 진리입니다.

세상을 유지시키는 방법으로 인과 한 쌍을 이루는 것이 「중용지도中庸之道」입니다. 지나친 것은 모자람만도 못하다는 뜻입니다. 세상을 유지시키려면 튀지도 말아야 하고 처지지도 말아야 가능합니다. 인이 세상을 유지시키는 논리의 날줄이라면 「중용지도」는 씨줄입니다. 세상이 유지되려면 평범한 사람들 99.99…%와 튀는 특별한 사람 0.00…1%만 있으면 충분합니다. 요즈음 창의적 인간을 외치지만 사람들 모두 특별한 사람이 되면 세상은 망합니다.

공자가 편집한 유학을 이상과 같이 핵심 정리를 해 보면 유학이 왜 지독히 실존적이며, 무섭도록 합리적이며, 외경스러운 유지학維持學이 되었는지 충분히 아셨을 것입니다. 그것은 공자가 흠모하던 문화를 지닌 「은」나라가 매일 제사를 지내다 망했기 때문입니다. 제사를 매일 지냈다는 것은 중용을 잃고 하늘과 신神에게 너무 기울어 이 땅과 사람을 가볍게 보았다는 것입니다. 형이하학을 잃고 무절제하게 형이상학에 빠진 것입니다. 무절제한 정신만 있고 몸을 잃은 상태입니다. 그래서 「은」나라는 망했습니다. 그것을 공자는 뼛속 깊이 느낍니다. 그리고 공자의 활동시기의 환경이 매일 전쟁이었습니다. 여러 개의 국가로 분열된 상태에서 매일 땅따먹기 전쟁이 일어납니다. 전쟁은 국가의 흥망이 빈번하게 일어나고, 개인의 삶도 유지하기 어렵습니다. 공자는 「유지」가 삶의 최우선이라고 생각합니다. 「유지」하기 위해선 형이상학은 생략되어도 좋다고 생각합니다. 유지의 대가로 「형이상학」의 생략은 충분한 값어치가 있다고 본 것입니다. 이렇게 되어 유학은 세계에서 전무후무한 형이상학이 생략된 최고의 「유지학維持學」이 된 것입니다.

형이상학이 아주 없는 것은 아닙니다. 뜬금없다 싶을 만큼 국수사발의 고명보다 더 작게 있습니다. 그것이 성과 명입니다. 성性과 명命이 나중에 변화하여 성性·리理가 되고 성性·리理가 이理

와 기氣가 됩니다. 그리고 성과 명에서 나왔다고 하는 사단칠정四端七情이 있습니다. 또 하나 천·지·인天地人이 있습니다. 상상력이 필요한 형이상학은 이것뿐입니다. 이것은 다음에 살펴보겠습니다.

어떤 학문이든 핵심을 보려면 균형 잡힌 시각과 객관적인 사고를 가지고 그 학문의 단점을 찾아보면 장점이 보입니다. 처음부터 장점에 빠지면 맹신하게 되어 단점이 보이지 않게 됩니다. 단점에 눈이 멀고 장점만 보게 된 사상과 이념과 철학과 종교는 사람과 세상을 불행하게 만듭니다. 망하게 합니다. 유학의 단점은 메마르고, 형이하학이며, 실존적이며, 합리적입니다. 그것은 단점이면서 이 세상을, 사람의 생명과 사회를 유지시켜 주는 최고의 장점입니다. 유학은 이 세상에서 최고의 유지학입니다. 아름다운 형이상학의 논리와 합쳐진다면 이 세상에서 가장 완벽한 교教가 될 것입니다.

2. 빛철학과 유학의 비교

2500년 전 유학의 시조 공자는 문화적으로 외로울 때면 「구이九夷에 가서 살고 싶다」고 말합니다. 제자들이「그 누추한 곳에 가서 어찌 살려고 하십니까?」물으니 공자는

"군자君子가 살고 있는데 무슨 누가 있겠느냐?"

라고 합니다. 여기에서 말하는 구이九夷는 한민족이 사는 나라며, 군자君子라고 한 것은 한민족 사람들을 가리킵니다. 이 문답의 정황으로 볼 때, 한민족의 문화는 공자가 유학으로 실현시키고 싶은 문화가 이미 실제 생활에서 꽃피고 열매가 맺어진 상태가 오래 되어 태평시대, 아름다운 사람들의 삶이 실현되고 있었습니다.

불교가 시작되기 전, 유학이 시작되기 전, 그리고 기독교가 시작되기 전에 한민족의 문화는 공자가 그리워할 만큼 아름답고 웅장한 기상이 있었습니다. 지금 학문적으로 알려진 유·불·선·기독교의 문화 이전에 주변국가의 사람들이 외경스럽게「군

자」들이 사는 「인의지향仁義之鄕」, 「예의지국禮儀之國」, 「고칭군자지국古稱君子之國」이라고 하였습니다. 고칭古稱이라는 말은 「예로부터 부르기를」이라는 뜻이니 한민족은 예로부터 군자가 사는 나라였다는 것입니다. 그렇다면, 유·불·선·기독교가 아닌 한민족의 고유한 철학이 있었을 것입니다. 한민족이 「군자국君子國」이 되도록한 「문화의 원료」가 된 철학이 무엇이었을까요?

공자가 군자국을 그리워한 후 약 1500년이 지난 신라말에 고운孤雲 최치원은 이렇게 한탄합니다.

"한민족의 아름답고 웅장한 기상은 어디로 사라지고 왜소한 사람들만 남았는가? 한민족의 아름답고 웅장했던 기상을 살리려면 「풍류지도風流之道」를 회복해야 한다."

고운 최치원의 한탄을 새겨 보면, 옛날엔 살아 있는 소나무와 같던 한민족의 문화와 사람이 어찌하여 살아 있는 소나무를 베어내 자르고 또 잘라서 만든 이쑤시개의 몰골로 변했는가라고 한탄하는 소리로 들립니다.

공자가 살았던 시대에서 고운 최치원이 살았던 시대의 시간

차이는 1500여 년입니다. 한민족은 1500여 년의 세월 속에서 「군자국」에서 「소인국小人國」으로 바뀌었으며, 한민족의 백성들의 기상은 살아 있는 소나무에서 작디작은 이쑤시개로 변화한 것입니다. 그 까닭이 「풍류지도」를 잃었기 때문이라고 고운 최치원은 한탄하고 있습니다. 고운 최치원의 진단이 정확하다면 잃어버린 「풍류지도」만 회복한다면, 잃어버린 한민족의 아름답고 웅장한 기상을 복원할 수 있다는 이야기입니다. 잃어버린 「풍류지도」가 무엇이겠습니까?

(1) 풍류지도風流之道

「풍류지도」는 앞에서 충분히 설명을 했습니다. 앞에 1권 「문화의 시원」이 「풍류지도」의 형이상학이며, 2권 「언어의 시원」이 「풍류지도」의 형이하학입니다. 그렇게 길고 자세하게 책 두 권으로 설명을 했지만 아직도 「풍류지도」가 눈에 들어오지 않은 사람들을 위하여 한번 더 설명하겠습니다.

「풍류지도」에서 「풍風」은 「바람」입니다. 바람은 산 위에서 부는 「바람」도 있고, 소원을 의미하는 「바람(望)」도 있으며, 히브리어로 창조를 의미하는 「바라」로 쓰이기도 합니다. 「바람」의 본래의 말은 「발·암」이며, 어원은 「볼·온」입니다. 어원 「볼」은 우주의 자연 에너지를 의미하며 「온」은 자연 에너지의 「알(卵)」을 의미합니다. 이것을 합쳐서 설명을 하면, 「우주 에너지가 곧 생명체의 씨앗인 생명의 알」이라는 뜻과, 「우주 에너지 속에는 무수히 많은 생명체의 알이 살고 있다.」는 뜻이 됩니다. 「바람」은 「생명체의 알」입니다. 다음은 「류流」를 알아봅니다. 「류流」는 「흐르다」입니다. 흐른다는 것은 어디론가 오고 가는 「운행運行」을 말합니다. 다음은 「도」입니다. 「도道」는 운행의 경로인 「길」과 「펼쳐내다」의 뜻을 함께 갖고 있습니다. 펼쳐낸다는 것은 현상적으로 드러내고 움직인다는 것입니다. 이제 「풍류지도」의 낱말들을 해석하였으니 이것을 모듬으로 묶어서 해석을 해 봅니다.

풍風, 바람은 「볼·온」이니 우주 에너지에서 생명체의 알(卵)이 움터나서,

류流, 어떤 물리적·화학적 작용을 하여 생명체의 알이 발아하여 어떻게 운행하여,

도道, 어떤 경로經路를 거치고 통과하여 이 땅에 현상적으로 태어나 살아가는 것인가?

이것이 「풍류지도」라고 하는 말에 숨겨진 진정한 뜻입니다. 「풍류지도」는 생명체의 근원, 생명체의 씨앗, 생명체의 씨앗이 발아하여 어떤 경로를 거쳐서 태어나는지에 대한 철학입니다. 유전자의 「게놈지도」며, 생·로·병·사의 여정을 말하는 것입니다. 「풍류지도」는 생명체가 고향에서 출발하여 원(圓)의 여정을 한 바퀴 여행하는 과정을 그린 것입니다. 우리말로 우주에너지는 「본」입니다. 여기에서 「볻·붇·벋·받」이 나옵니다. 이 말들은 우주 에너지가 어떤 상태로 변화되어 있는지를 나타냅니다. 그리고 「볻」·「붇」·「벋」·「받」으로 변화한 우주 에너지는 「빛」이란 생명체로 변화합니다. 「빛」은 생명체·생명력·혼을 의미하는 순수한 우리말입니다. 빛魂이 엄마 자궁에 잉태하면 빛알·빛살로 분열하여 통합된 뒤에 빛몸으로 이 땅에 태어납니다. 이 변화 과정을 도표로 정리해 봅니다.

자연 에너지→「본」→볻→붇→벋→받→빛 〈하늘(天)〉
생명체 = 빛魂→빛알→빛살→빛몸   〈땅(地)〉

생명체는 우주 에너지 「본」에서 만들어져 빛魂이 되고, 빛魂은 엄마의 자궁에 수태되어 빛알→빛살→빛몸의 과정을 거쳐 이 땅에 태어나 생명체의 일생—生을 살게 됩니다. 일생을 다 살고 나면 우주 에너지가 가득한 하늘로 빛魂은 돌아갑니다. 생명체의 여행은 선線의 여행이 아니라 원圓의 여정입니다. 이것을 도표로 봅니다.

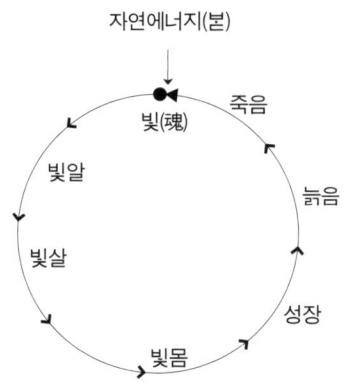

이것이 「풍류지도」의 본래 모습입니다. 「풍류지도」의 본래 모습을 복원해 놓고 보니, 「풍류지도」란 말은 틀려도 보통 틀린 말이 아닙니다. 「풍류지도」의 바른 말은 「빛魂의 근원과 원순환圓循環 여행 경로經路」가 맞습니다. 이 말을 짧게 줄이면 「빛魂의 여행경로」라는 말인데, 이것이 풍류지도라고 하는 수수께끼와 같은 말로 바뀌었습니다.

여기에서 추론을 해 보면, 공자 시대부터 고운 최치원 시대 사이에 한민족의 웅장하고 아름다운 기상을 잃어버린 원인은 말(言)의 변화에 의하여 말이 지닌 의미를 잃게 되었으며, 그로 인하여 말의 원료인 빛魂의 근원인 생명체를 잃어버리게 된 것입니다. 생명체의 소중함을 잃어 버렸다는 것은 삶의 알맹이와 삶의 진리를 잃어버린 것입니다. 생명체와 생명의 소중함과 아름다움을 잃게 된 사람은 외형적인 크기만을 열심히 만들게 되며, 결국은 자신이 만든 외형의 크기가 포화상태에 이르면 그 외형의 무게에 압사하고 맙니다. 끊임없이 일어나는 전쟁, 환경의 파괴가 대표적 현상입니다. 공자 시대와 고운 최치원 시대 1500여 년 사이에 잃어버린 것은 「생명체의 소중함과 아름다움」이었으며, 그 까닭은 빛魂을 원료로 한 말을 잃게 되어 함께, 빛철학을 잃어버렸기 때문이었습니다.

(2) 빛철학과 유학의 형이상학

유학의 형이상학과 빛철학을 비교해 보겠습니다. 유학의 형이상학 가운데 맨 위에 있는 것이 천·지·인입니다. 유학에서 시작된 천·지·인은 2500여 년 동안 쓰이지 않은 곳이 없을 정도로 두루 다목적으로 사용되었습니다. 천·지·인의 말 속에 숨겨져 있는 뜻을 새겨 보겠습니다

〈천·지·인〉

천·지·인은 삼재三才라 하여 유학 사상 구조의 골격을 이룹니다. 천도天道가 인도人道에 내재內在하여 태어나고, 지도地道가 인도人道에 내재되어 사람을 성장시키니, 천도·인도·지도는 하나라고 보는 일원론一元論으로 시작합니다. 그러나 천도와 지도의 논의는 미약하고 인도에 관한 논의만 무성하니 유학은 인본사상人本思想입니다.

공자는 「하늘이 나에게 덕德을 낳아 주었다」고 합니다. 하늘은 사람에게 「덕」을 선물하는 존재라고 인식합니다. 주자朱子는 「천도는 곧 거경居敬」이라고 합니다. 하늘엔 경이驚異스럽고 외경畏敬스러운 존재가 있다고 생각합니다. 그러나 하늘에 살고 있는 존재가 왜 외경스러운지, 외경스러운 그 존재는 무엇인지에 대한 말은 없습니다. 유학에서 천, 천도에 관한 얘기는 짧지만 특

별한 대상으로 인식합니다. 지도에 관한 얘기는 별로 없습니다. 사람이 살아가야 할 법도法道, 인도 얘기가 대부분입니다. 유학은 천·지·인을 일원화一元化시켰다고 하지만 인간을 중심으로 천도와 지도를 가미한 인본학문人本學問입니다. 한민족의 빛철학에서 천·지·인을 어떻게 보았는지 살펴봅니다.

하늘=하늘의 본래말은 「한··울」이며 이것은 「빛·움」의 변화어입니다. 「빛」은 생명체, 생명력, 혼魂을 아우르는 말입니다. 「빛·움」이란 「생명체가 움트다」란 말이니 생명체가 탄생하여 성장한다는 뜻입니다. 「하늘」이란 생명력이 가득한 「곳」이며, 생명체의 근원인 빛魂이 가득한 곳이며, 이 땅으로 육체화될 빛魂의 대기소입니다.

사람=사람이라는 말은 「살·알」입니다. 「살·알」「빛살+빛알」이 본래의 말인데 오랜 세월 사용하다 보니 「빛」이 탈락하고 「살·알」만 남게 된 말입니다. 「빛살·빛알」이란 「생명체의 살과 알」이란 말이니 「사람」은 「빛魂의 살과 알」이란 뜻입니다.

땅=땅의 본래말은 「당」이며 이 말의 어원은 「닿」입니다. 땅은 생명체의 몸이 「닿」아 살아가는 공간입니다.

하늘·사람·땅의 말뜻을 살펴보았습니다. 하늘은 사람이 빛魂으로 있을 때 사는 공간이며, 땅은 빛魂이 몸으로 변화하여 사실적으로 놓여지는 공간입니다. 빛魂은 파동으로 존재하기 때문에 빈 공간인 하늘에서 살며, 빛魂이 육체로 현신現身한 뒤에는 놓여져야 살아 갈 수 있기 때문에 사실적인 단단한 물체가 있어야 합니다. 땅이란 몸이 있는 생명체가 놓여 져 있는 공간, 닿아져 있는 공간이란 뜻 외에는 없습니다. 빛민족, 한민족에게 하늘과 땅은 특별한 공간이나 특별한 의미가 있었던 것은 아닙니다. 안방과 건넛방, 가정과 회사처럼 사람이 사는 공간일 뿐이라고 생각했습니다.

주자는 「하늘은 거경居敬」이라고 했습니다. 거경의 대상은 바로 생명체의 「빛魂」입니다. 「빛魂」이 특별한 것일까요? 「빛魂」은 이 땅에 몸으로 태어나기를 기다리는 생명체며, 이 땅에서 몸으로 살다가 「빛魂」으로 환원된 생명체의 알맹이입니다. 한민족의 사람들은 생生과 사死의 관념도 안방에 있던 사람이 건넌방으로 자리를 옮기듯, 집에 있던 사람이 회사로 출근하듯, 땅의 공간에서 하늘의 공간으로 이동한 것이라 보고, 삶과 죽음을 「이곳」에서 살다가 「저곳」으로 갔다고 말했습니다. 이곳과 저곳의 말이 변화하여 「이승」과 「저승」이 되어 특별한 느낌의 말이 되고 말았습니다.

하늘과 땅은 모두 생명체가 사는 공간이며, 사람은 「빛魂」의 살들과 알(卵)로서 때로는 「이곳」 땅에서 몸으로, 때론 파동상태로 「저곳」인 하늘에서 살아가는 존재입니다. 하늘(天)·땅(地)·사람(人)은 모두 특별한 것이 아니라 일상적인 삶의 실상입니다. 하늘과 땅은 생명체가 살아가는 공간이며, 생명력이 가득한 공간입니다. 이것이 빛철학의 천, 지, 인입니다.

〈성性과 명命〉

유학에서 천·지·인이 학문을 아우르는 총체적 의미라면, 성性과 명命은 유학을 논리적으로 풀어내는 실마리로 법률로 보면 헌법1조와 같은 것입니다. 성性은 생명체의 혼魂을 말하며, 명命은 생명체의 혼魂이 몸으로 태어난 것을 말합니다. 성과 명은 정신과 물질, 혼과 육체입니다.

공자가 말한 성性과 명命은 주자의 이론에서는 성性과 리理로 변화합니다. 이것이 성리학性理學입니다. 나중에 실학實學이 등장하면서 성=리는 리理와 기氣로 바뀝니다. 시대가 변화하면 헌법1

조도 바뀌기 마련이지만, 유학의 헌법 1조는 2000여 년 동안 성性
=명命에서 성性=리理로, 다시 리理=기氣로 바뀝니다.

〈성性과 명命의 풀이〉

성性은 품성을 말합니다. 품성이란 말을 바꾸어 놓으면 성품性
品이 됩니다. 성품이란, 성性이 혼魂이니 혼의 됨됨이를 말합니다.
성격性格은 혼魂의 품격, 혼魂이 1등급인가 2등급인가를 나타낸 혼
의 등급이며, 성질性質이란 혼魂을 구성하는 근본 질료를 말합니
다. 성질이 좋다는 것은 혼魂의 구성 원료가 우수한 것이며, 성질
이 나쁘다는 것은 혼魂의 원료가 나쁘다는 것입니다. 이렇게 보
면, 성性은 생명체의 원료인 혼魂을 말하는 것입니다.

명命은 목숨입니다. 목숨이 있느냐 없느냐를 말한다는 것은
육체가 있을 때 가능합니다. 명命은 육체, 성性이 현상적으로 드러
난 몸입니다. 성性=혼魂이며 명命=육체입니다. 어명御命을 받을 때,
임금과 아무리 멀리 떨어진 거리에 있더라도 임금을 뵌 것과 똑
같이 예를 갖춘 후에 「어명」을 받습니다. 어명은 임금의 육체라
고 보았기 때문입니다. 유학의 헌법1조인 성性과 명命은 「혼魂과
육체」를 말하는 것입니다.

〈성性과 리理〉

주자가 유학을 재해석하면서 유학의 헌법1조인 성과 명을 성性과 리理로 바꿉니다. 성性은 앞에서 설명했듯이 혼魂입니다. 리理를 살펴보겠습니다.

〈리理〉

리理는 「다스리다, 도리」의 뜻이 담긴 말입니다. 「다스림」의 어원은 「닿아 움터 잇다」입니다. 도리의 어원은 「돋아서 잇다」입니다. 길게 설명할 것도 없습니다. 눈에 보이지 않던 성性=혼魂이 하늘에서 살다가 리理=이 땅에 육체로 태어나 살아간다는 뜻입니다. 간략히 정리해 보면,

성性=혼魂=하늘에 존재

리理=육체=이 땅에 닿아 살아감

이렇게 됩니다. 유학이 다시 실학實學으로 응용되면서 유학의 헌법1조는 또 변화합니다. 이번에는 리와 기로 바뀝니다. 어이 없게 조선의 최고 유학자들이 리가 우위인가 기가 우위인가를 놓고 15년 동안 논쟁합니다. 그러나 논쟁할 값어치가 없는 것이었습니다. 리는 앞에서 설명한 것처럼 「닿아 움터 잇다」, 「돋아

잇다」의 뜻이니 태어나 소멸하지 않고 존재의 현상인 「잇다」의 뜻이 강합니다. 기의 의미를 봅니다.

〈기氣〉

기는 「기운」입니다. 기운의 본래말이 「깃·움」이니 「깃들고 움트다」입니다. 깃들고 움트는 현상을 나타낸 것인데 이것은 생명력, 힘, 「에너지」의 진행형을 말합니다. 기는 파장입니다. 파장은 일정한 수평 형태를 유지하지 못하고 오르고 내리는 반복운동을 합니다. 그림으로 보면,

기의 파장이 내려 갈 때의 현상을 「깃들다」라고 하고 올라갈 때의 현상을 「움트다」고 합니다. 기란 생명력의 운동을 한 개의 말로 표현한 것입니다. 리가 어떤 존재체存在體라면 기는 존재체의 생명줄기며, 생명줄기의 운동현상이니 리와 기는 하나이지 다른 것이 아니며, 더구나 리가 우위에 있고 기가 하위에 있다고

논쟁할 소재는 아닙니다. 살펴본 대로 유학의 헌법1조는 성性과 명命에서 성과 리로 다시 리理와 기氣로 바뀌었지만 이것은 혼魂과 육체를 말합니다. 그러나 성과 명이 리와 기로 바뀐 것은 학문의 본질을 잃어버린 증거입니다.

유학의 성과 명을 한민족의 빛철학, 생명철학에서는 어떻게 풀었는지 보겠습니다.

자연 에너지, 우주 에너지를 「본」이라 하고 여기에서 나온 생명체의 혼魂을 「빛」이라 하며, 빛이 수태되어 엄마의 자궁에 오면 「빛알」이라 하며, 빛알이 세포분열을 시작하면 「빛살」이라 하고, 약 60조개의 세포로 분열, 통합의 과정이 끝나고 이 땅에 태어나면 「빛몸」이라고 합니다. 이것을 유학과 노자의 도덕경에 나오는 생명탄생 변화를 비교하여 보겠습니다.

빛철학	유학	노자의 도덕경
본	천天	도道, 도생일道生一
빛魂	성性	무無, 일생이一生二
빛알	없음	이생삼二生三
빛살	없음	삼생만물三生萬物
빛몸	명命	유有, 만물萬物

이렇게 도표로 간략하게 만들어 놓고 한눈으로 비교해 보니 유학의 성과 노자의 무, 일(一)은 생명체의 혼魂이며, 유학의 명, 노자의 유는 생명체의 몸을 말하고 있다는 것을 쉽게 알 수 있습니다. 그런데 왜 성, 무, 일을 생명체의 혼魂이라고 말하지 않았을까? 학문은 생명체가 어떻게 태어나서, 어떻게 자라고, 어떻게 살아야 하는지 의문을 갖는 것인데 왜 생명체의 혼魂, 생명체의 몸이라 하지 않았을까? 그렇게만 했다면 2500여 년의 학문세계는 달라졌을 테고, 사람 사는 세상도 달라졌을 텐데, 아쉬운 의문이 남습니다.

〈사단칠정四端七情〉

사단칠정은 유학에서 헌법 다음의 법률과 같은 것입니다. 사단칠정이 조선의 유학자들에게 특별하게 각인된 원인은 추만 정지운의 저술인 「천명도설天命圖說」의 내용 가운데 「사단四端은 리理에서 발發하고 칠정七情은 기氣에서 발發한다」고 한 내용을 퇴계가 「사단은 리의 발이며, 칠정은 기의 발이다」라고 수정하였습니다. 이 수정한 내용을 고봉 기대승이 퇴계에게 질의를 함으로써 논쟁이 시작되었습니다. 논쟁은 유학자들의 관심을 불러 모아

「사단칠정」이 유학의 논리 가운데 가장 크게 부각되었습니다. 「사단칠정」을 살펴보겠습니다.

〈사단四端〉

사단四端이라는 말은 「네 개의 실마리」란 뜻입니다. 「실마리」란 하나의 실타래에서 실이 풀려 나오는 현상을 말합니다. 사단은 리理에서 출발한다고 했으니 「리」가 실타래며, 그 실타래에서 「네 줄기」의 실로 나온 것이 「사단」이라는 이야기입니다.

사단은 인仁·의義·예禮·지智라고 합니다. 맹자는 사단을 측은惻隱·수오羞惡·사양辭讓·시비是非라고 했습니다. 사단은 선善한 것이라고 했습니다. 「사단칠정」이 상당히 격렬하게 논쟁이 오랫동안 이어졌는데 그 내용은 다른 유학책을 참고하시기 바랍니다. 여기에서는 「사단칠정」이 논쟁할 이론을 갖추지 못했다는 것을 한민족의 빛철학으로 살펴보겠습니다.

본래의 유학에서 성性과 명命이 헌법1조였습니다. 이것이 주자 때에 성과 리로 바뀝니다. 성이 혼魂이며 명이 육체이니 주자의 성도 혼魂이며 리理는 육체입니다. 그런데 실학實學에서는 리와 기라고 했습니다. 주자의 논리에서 육체가 실학에서는 혼魂의 위치에 왔습니다. 이것이 혼란의 단초입니다. 기氣는 물론 육체, 사실적인 사물입니다.

사단은 리의 출발이라고 했습니다. 사단이 리의 발發이든 사단이 리에서 발하든 같은 것이니 논쟁할 것도 없습니다. 리와 사단의 구조가 근본적으로 틀렸습니다. 구조가 틀렸으니 논리가 성립되지 않습니다. 성립되지 않는 논리를 가지고 논쟁을 한다는 것은 우스운 노릇이지요.

빛철학에서 생명체의 구성을 셋으로 봅니다. 빛魂의 구성은 초록빛+파랑빛+빨강빛=삼원빛입니다. 정확하게 말하려면 사단이 아니라 삼단인 것입니다. 사단은 선한 것이라 했는데 선과 악을 논할 만한 상태도 아닙니다.

혼魂의 구성원인 삼원빛은 제각각 다른 성질의 운동성을 갖고 있습니다. 초록빛은 제자리에 있으려 하고, 파랑빛은 밑으로 내려가려고 하고, 빨강빛은 위로 올라가려고 합니다. 제각각 다른 운동 성향의 삼원빛이 하나로 모둠되어 서로 견제하고 서로 도움 주며 균형을 맞춥니다. 정확하게 균형을 맞추었을 때 가장 정확한 동그라미 운동을 합니다. 혼魂의 상태로 있을 때는 그저 파장운동일 뿐, 선과 악으로 나누어지지도 않았습니다. 그냥 운동입니다. 사단은 운동일 뿐입니다. 삼단이 어찌하여 사단으로 잘못되었는지 유추해 볼 수 있습니다. 그것은 혼魂 하나가 셋으로 구성되어 있는 데서 나왔을 것입니다. 잘못하면 1+3=4가 됩니다. 그래서 사단이 된 듯합니다. 틀린 것입니다. 사단에서 나온 칠정七情을 봅니다.

〈칠정七情〉

칠정은 일곱 가지의 감정을 말합니다. 사람의 감정의 종류는 많지만 상징적으로 감정을 일곱 가지로 통합하고 압축하여 놓은 것입니다. 칠정을 보겠습니다.

희喜 = 기쁨

노怒 = 분노

애愛 = 사랑

구懼 = 두려움

애哀 = 슬픔

오惡 = 미움

욕欲 = 욕심

이것이 사람의 칠정입니다. 「칠정은 기에서 출발하거나, 기의 출발이 칠정이다.」 논리를 이렇게 정리해 놓으면 논쟁이 일어나지 않을 수 없습니다. 이런 논리대로라면 리와 기, 사단인 예·인·의·지와 칠정인 희·노·애·구·애·오·욕이 다른 것으로 생각하기 쉽기 때문입니다. 같은 것인데 다르게 나타난 것일 뿐입니다. 이 논리를 재구성해 보겠습니다.

사람의 혼魂을 리理라고 한다. 리理를 구성하고 있는 요소는 셋이다. 이것을 사단四端이라고 한다. 리理가 엄마 자궁을 거쳐 이 땅에 생명체로 태어난 것을 기氣라고 한다. 기氣의 몸속에는 사단이 일곱 가지의 감정으로 변화하여 있는데 이것을 칠정이라고 한다.

이렇게 정리해 놓으면 리理와 기氣, 사단四端과 칠정은 같은 것인데 변화의 과정에 따라 현상적으로 다르게 나타난다는 것을 쉽게 이해할 수 있어서 논쟁의 여지가 생길 수 없습니다. 여름에 초록빛갈의 나뭇잎이 가을에 빨강빛갈의 단풍잎으로 변화되었다고 다른 나무의 잎이라고 우기는 바보는 없을 것입니다. 리理와 기氣, 사단四端과 칠정七情의 변화 과정을 한민족의 빛철학과 비교해 보겠습니다.

	하늘	혼의 구성	엄마 자궁	태어남	현상으로 나옴
빛철학	빛魂	삼원빛	빛알→빛살	빛몸	언행
			마음心	느낌	생각生覺
	리理	사단四端	없음	기氣	
				칠정七情	칠정 출발

　도표에서 보듯 사람의 혼魂이 육체로 변신하는 과정과 혼魂이 육체화되는 과정을 빛철학에선 혼→마음→느낌→생각→언행으로 정밀하게 설명합니다. 그러나 유학에선 생명체의 변화 과정을 정밀하게 설명하지도 못하고, 생명체를 설명한다고 알아챌 수 없을 만큼 생명체와 동떨어진 언어들을 사용하였기에 해석의 혼란을 가중시켰습니다. 사람의 혼魂을 성性, 리理로 표현하니 알아들을 수 없었던 것입니다. 소통이 되지 않는 학문의 논리는 암호거나 수수께끼일 뿐입니다.

〈인仁 · 의義 · 예禮 · 지知〉

혼魂이라고 추정할 수 있는 리理에서 사단四端인 인·의·예·지가 나옵니다. 사단은 네 개의 실마리입니다. 인·의·예·지는 혼魂이 육체로 태어나 살아갈 때 필요한 네 가지의 정신적인 원료입니다. 삶에 필요한 모든 정신적인 실마리가 인·의·예·지입니다. 인·의·예·지 네 가지가 법률이며 이 네가지의 법률로 삶에 필요한 모든 시행령이 만들어집니다. 유학에서 인·의·예·지는 학문의 모티브입니다. 유학에서 중요한 것이니 새삼스럽지만 다시 설명해 보겠습니다.

인仁=「인」이라는 말을 우리말로 직역하면 「잇」이 됩니다. 「잇」이란 「이어 있다」이니 「연속」, 「존재」, 「유지」의 뜻입니다. 소멸의 반대말입니다. 「인仁」의 훈은 「어질」입니다. 「어질」의 어원은 「알·짓」입니다. 「생명체의 알(卵)로 만들다」입니다. 생명체로 태어나 활동하는 것에 비하면 「알」의 상태일 때 남들에게 피해가 없습니다. 이렇게보면, 「인仁」이란 남들에게 절대로 폐를 끼치지 않고 삶을 「존재」케 하고, 「유지」하고 연속적으로 「잇」는 것입니다.

의義=「옳을」의입니다. 「옳을」의 어원은 「알·움」입니다. 생명체의 알卵에서 부화하는 것이 「의義」입니다. 알에서 부화한 새끼는 에미와 따질 수 없는 관계입니다. 한번 사람의 관계가 맺어지면 알에서 부화한 새끼와 에미의 관계처럼 따질 수 없는 한편으로 관계를 연속, 유지, 존재시키는 것입니다. 비판할 것은 하면서도 관계를 「잇」는 것입니다. 인仁이 「알(卵)」이며 의義가 알에서 「움」터나는 것이니 「의」는 「인」의 연속이며, 「인」의 부화입니다.

예禮=사람이 살아가는 최소의 기준이 「법法」입니다. 법을 지키지 않으면 사람 대접을 받을 수 없습니다. 법을 지키면서 사는 사람은 「예측 가능」한 사람으로 인정을 받습니다. 「법」 다음에 「윤리·도덕」이 있습니다. 윤리와 도덕을 행하지 않는다고 교도소에 가지 않습니다. 흉은 봅니다. 윤리와 도덕을 충분히 지켜내며 사는 사람은 「존중」받으며 삽니다. 「윤리·도덕」 보다 위의 것이 「예禮」입니다. 「예」를 행하며 사는 사람은 「존경」받으며 삽니다. 「예」는 사람의 관계를 편안하고, 부드럽고, 따뜻하게 하는 가장 좋은 삶의 요소입니다.

지智= 지의 훈은 「알(卵)」입니다. 앞에서도 얘기했지만 생명체의 알(卵)을 말합니다. 생명체의 알은 바깥세상을 보거나 듣지 못합니다. 본래 하늘에서 혼魂일 때 소유했던 것만 오롯이 가지고 있습니다. 「지」란 교육을 받아서 아는 것이 아니라 본래 태어나기 전부터 아는 것을 말합니다. 지금은 나누어 사용합니다. 「지혜智慧」는 배우기 전에 아는 것, 「지식知識」은 배워서 아는 것입니다. 여기에서 「지智」는 「지혜」를 말합니다.

사단四端인 인仁·의義·예禮·지智를 살펴보았습니다. 결론은 인·의·예·지는 수평의 관계가 아니라 인仁의 유지를 위하여 의·예·지가 필요하다는 것입니다. 인仁은 생명체의 「알(卵)」처럼 존재하는 것인데 사람이 「알」처럼 언제나 변함없이 존재하려면 사람과의 관계도 언제나 변함없이 유지해야 합니다. 사람의 관계를 변함없이 유지하려면 의義와 예禮와 지智가 필요한 것입니다. 인仁과 의·예·지의 관계를 도표로 보겠습니다.

리理=혼魂에서 사단四端이 출발하고 사단의 네 가지 실마리가 인·의·예·지이니 인·의·예·지는 사람이 살아가는 세상을 유지케 하는 정신을 총합한 원료입니다. 말을 바꾸면 인·의·예·지가 사람 세상에 필요한 정신적인 모든 것의 원료입니다. 사단의 인·의·예·지가 존재함, 유지함, 이어감의 정수이니 유학의 이상과 이상향과 이상적인 사람은 유지를 잘하는 사람입니다. 유학은 「잇」의 학문입니다.

⟨중용中庸⟩

중용의 뜻을 보편적으로 풀어 보면, 「가운데를 쓴다」라고 할 수 있습니다. 그러나 중용을 심층적으로 분석하려면 세 가지의 방법을 사용할 수 있습니다. 첫째가 형이학形而學의 방법입니다. 형이학에는 세 가지가 있습니다.

첫째, 형이상학形而上學입니다.

형이상이라는 것은 존재하지만 형상이 없는 것입니다. 혼魂, 마음, 느낌입니다. 마음과 느낌은 혼魂이 변화한 것이니 형이상학을 대표하는 것은 형체없이 존재하는 「혼魂」입니다.

둘째, 형이중학形而中學입니다.

형상은 있지만 보이지 않는 것이 형이중학입니다. 「혼魂」이 엄마의 자궁에 잉태하면 태아는 엄마의 몸속에 있지만 아직 보이지 않습니다. 형태로 존재는 하지만 아직 세상에 출현하지 않아 눈으로 볼 수 없는 상태로 존재하는 형상이 형이중학입니다.

셋째, 형이하학形而下學입니다.

혼魂이 엄마의 자궁에서 약 열달 동안 「형이중학」의 상태로 있다가 이 땅에 태어났습니다. 태어난 아기는 형상체로 눈에 보이고 손에 만져집니다. 육체, 물체, 확실한 형상으로 존재하는 것이 「형이하학」입니다.

생명체의 변화 과정으로 형이학을 살펴보았습니다. 여기에서 「중용中庸」은 「형이중학」을 말합니다. 생명체의 형이중학은 혼魂이 이 땅에 태어나기 위하여 「터널 과정」인 엄마의 자궁에 「빛알」의 상태로 있는 것을 말합니다. 인仁도 「알」의 뜻입니다. 중용은 인仁을 유지하기 위한 하나의 방편입니다.

요즈음은 형이상학은 월등한 것이고 형이하학은 열등한 것이라 단정 짓습니다. 그 결과 형이상학인 혼魂은 우수한 것이며 혼魂이 변화하여 물체가 된 육체인 형이하학은 열등한 것이라 여기는 사람이 많아졌습니다. 정신은 고급한 것이며, 육체는 저급한 것이라 생각하지만 혼과 육체, 정신과 물질은 하나입니다.

또 한 가지, 요즈음 형이상학과 형이하학이라는 말만 쓰이고 「형이중학」이라는 말은 거의 쓰이지 않습니다. 생명체에서 형이중학은 혼魂에서 육체로 변환 되는 중간 과정입니다. 형이중학이 사용되지 않는다는 것은 많은 사람들이 원인에서 결과만 중요시하고 과정은 귀찮아할 정도로 과소평가합니다. 문화가 성급하고 거칠어진 것이며 사람들이 「중용」을 잃어버렸다는 증거입니다.

〈사람의 형태로 본 중용〉

사람의 몸은 입체입니다. 입체엔 부피가 있어야 합니다. 사람의 몸을 입체로 있도록 유지시켜 주는 것이 「세포」입니다. 사람의 몸은 혼魂과 「세포」와 껍데기로 구성되어 있습니다. 여기에서 「세포」가 「중용中庸」입니다.

「중용」을 잃었다는 말은 사람이 「세포」를 모두 잃은 현상과 같아서 사람이 입체에서 평면이 됩니다. 살아 있는 모든 생명체는 입체입니다. 평면이 되었다는 것은 형태가 사라진 것입니다. 형태가 사라졌다는 것은 소멸, 죽음입니다. 「중용中庸=부피」를 잃어버리면 죽어 버립니다.

〈사람의 생각으로 본 중용〉

혼魂의 구성이 초록+파랑+빨강빛=삼원빛입니다. 이 삼원빛
이 사람의 마음·느낌·생각의 원료이니 사람의 생각을 총합하
여 내밀하게 단순화하면 삼원빛인 세 가지입니다. 초록빛은 제
자리에 있겠다는 본능을 지녔고, 파랑빛은 내려가거나 되돌아가
려는 생각을 지녔고, 빨강빛은 앞으로 나아가려는 생각을 지녔
습니다. 이 세 가지의 각기 다른 생각을 규격화하여 초록빛의 특
성을 현상유지형, 파랑빛을 과거회귀형, 빨강빛을 진취형이라고
말하기도 하고, 정치적으로 규격화하여 초록빛을 중도파, 파랑
빛을 보수파, 빨강빛을 진보파라 하며, 이것이 극단적인 정치 형
태가 되면 초록=중도, 파랑=우익, 빨강=좌익이라고 합니다.

여기에서 중용은 현상 유지형이나 중도파가 아닙니다. 진정
한 중용은 막대기의 이 끝과 저 끝의 가운데가 아니라 초록빛
33.33%와 파랑빛 33.33%와 빨강빛 33.33%가 균형 맞추어 합쳐
진 하양빛입니다.

혼魂의 구성이 삼원빛이므로 모든 사람들은 중도·보수·진보

의 성향을 33.33%씩 가지고 있습니다. 그 셋의 균형을 어떻게 맞추느냐가 삶의 관건입니다. 가장 좋은 삶, 가장 좋은 경영을 할 조건은 삼원빛 셋의 균형을 맞추어 하양빛으로 있는 것입니다. 중용中庸은 삼원빛의 균형이며, 초록·파랑·빨강 가운데 하나가 아니라 「하양빛」입니다. 삼원빛 가운데 하나를 잃으면 생명체도 아니며, 생존할 수도 없습니다. 중용은 아름다운 생존입니다.

중용을 분석해 보았습니다. 중용은 혼魂에서 육체로 변환하는 터널인 엄마 자궁 속의 빛알이며, 혼에서 육체로 변환하는 「과정」입니다. 중용은 육체로 태어난 사람의 존재체인 부피=세포입니다. 중용은 과정, 부피, 균형입니다. 과정, 부피, 균형의 세 가지가 균형이 맞는다면 최고의 경영이 됩니다. 중용은 합리 경영을 위한 것이며, 합리 경영이 없으면 인仁도 유지될 수 없습니다. 인仁을 유지하기 위한 정신이 의·예·지이며, 행동이 중용입니다.

(3) 유학의 마무리
유학의 형이상학을 살펴보았습니다. 상상해 볼 수 있고 분석해 볼 수 있는 형이상학은 성性과 명命, 이것이 변화한 성性과 리理, 리理와 기氣, 리理의 발發인 사단四端과 기氣의 발發인 칠정, 그리고 중용中庸뿐입니다. 이것만으로 생명체의 구조와 변화와 운동을 설명하기엔 부족합니다. 사족蛇足처럼 천·지·인이 있지만 별 도움이 되지 않습니다.

철학哲學이란 「생명체의 혼魂의 구성, 변화와 운동을 밝혀내고, 생명체의 탄생, 성장·성숙을 도우려면 어떻게 하는 것이 옳은 것인가?」하는 의문을 갖는 것입니다. 유학은 혼魂의 구성, 변화, 운동에 관한 것은 없습니다. 유학의 구성은 「철학」이 되기엔 모자랍니다. 유학은 「경영학」이나 「처세학」입니다. 유학을 법法의 구성과 비교해 보겠습니다.

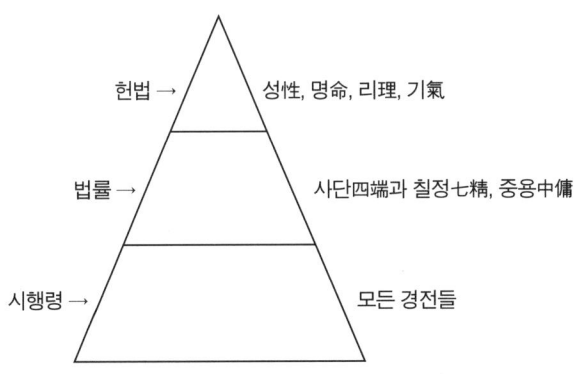

이것이 유학의 구조입니다. 헌법과 법률에 비하여 시행령은 방대하고 완벽합니다. 완벽한 이론은 실천하기만 하면 됩니다. 생각을 하지 않아도 되니 편리합니다. 문제는 하나의 공장에서 한 개의 금형으로 찍어낸 듯 똑 같은 사람만 있는 세상이 된다는 것입니다. 추구하는 궁극의 목표가 「선善」이어도 「선善」을 표현하고 목표에 도달하는 방법이 달랐을 때, 사람이 사는 세상은 다양해지고, 같은 목표를 지닌 사람의 세상이 재미 있어집니다. 언제나, 획일은 재미없습니다.

유학이 한민족에게 유입이 되었을 때, 학자와 국가를 경영하는 사람들을 매료시킨 이유는 완벽한 「시행령」 때문입니다. 그렇다면, 유학이 한민족에게 오기 전 우리에게 「시행령」이 없었을까요? 공자가 살고 싶을 정도로 「군자국」이었으니 헌법·법률·시행령이 아름답게 조화를 이루어 있었습니다. 한민족의 헌법, 법률, 시행령을 그림으로 봅니다.

한민족의 시행령은 언어言語였습니다. 유학의 시행령은 경전經典이라는 이름의 문자文字였지만 한민족의 시행령은 말(言)이었습니다. 문자가 악보라면 말은 오케스트라의 연주입니다. 한민족의 문화 씨앗은 생명체며, 여기에서 말(言)이 만들어졌고, 말(言)

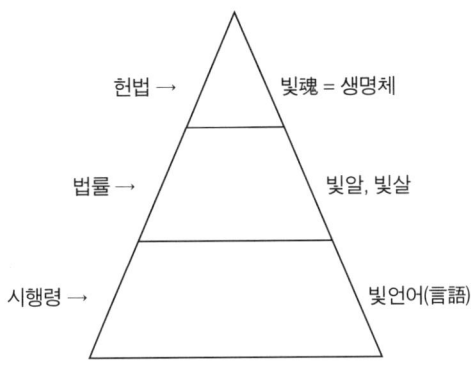

헌법 → 빛魂 = 생명체

법률 → 빛알, 빛살

시행령 → 빛언어(言語)

들 가운데 삶에 꼭 필요한 것을 추려내어 만든 것이 철학이니 한 민족의 철학은 헌법이 생명체며, 법률이 생명체의 탄생과정이며, 시행령이 살아가는 사람들이 언제나 사용하는 말(言)이었습니다.

옛 말에 어리석은 사람을 표현할 때,「배梨를 주고 속을 얻어 먹는다」라고 합니다. 한민족은 살아 있는 시행령인「말(言)」을 잃어버리고 화석化石인 유학, 도교, 불교의 경전을 시행령으로 받아들고 감격합니다. 노자의 도덕경, 유학이 좋은 학문이긴 하지만 한민족의 말言에 비하면「화석」입니다. 화석을 국시國示로 삼아 살아온 한민족은 그 동안 화석민족이 되었으며, 그동안 만든 문화는 화석문화입니다.

화석이 된 철학의 파편들

1. 숫자

(1) 대일大一

동양철학에서 헌법과 같이 맨 윗자리에 있는 것이 대일大一, 태일太一, 일원一源입니다. 동양철학의 해석이 명쾌하지 못하고, 사실적이지 못하고 관념적이어서 애매모호하게 된 것은 대일大一의 해석이 올바르지 못했기 때문입니다.

대일大一, 태일太一, 일원一源의 일一은 우리가 생활에서 쓰는 하나, 둘, 셋의 하나와 다릅니다. 대일大一은 하나, 둘, 셋으로 말하는 그것의 원료입니다. 대일大一은 태초에 처음(一) 생긴 것, 하늘과 땅이 있기 전부터 있었던 우주 에너지, 자연 에너지입니다. 그리고 생명체를 말할 때는 육체가 있기 전, 그 때부터 있었던 혼魂을 말합니다. 대일大一은 그냥 큰 하나(一)가 아니라 표현에 따라 우주 에너지거나 생명체의 혼魂입니다.

노자의 도덕경에 도생일道生一, 일생이一生二, 이생삼二生三, 삼생
만물三生萬物이라는 구절이 나옵니다. 이 내용은 우주 에너지인 도
道에서 생명체의 혼魂인 일一이 나오고, 일생이, 이생삼, 삼생하니
그것이 생명체의 육체인 만물萬物이라는 것입니다.

문제는 도생일道生一이라고 하면 품격 높은 철학哲學을 말하는
것 같고, 「우주 에너지에서 생명체의 혼魂이 나오고」라고 하면
철학 같지 않다고 여기게 된 학문의 사고가 문제입니다. 철학은
생명체의 근원, 얼개, 변화, 탄생해서 죽을 때까지의 삶과 다시
태어나는 원순환圓循環을 밝히고 어떤 삶이 최선인가를 의문하는
학문입니다. 철학을 하면서 생명체는 없어지고 대일大一, 태일太
一, 일원一源이 진리인양 자리 잡았으니 철학이 화석化石이 된 것입
니다.

(2) 삼三

고구려의 상징이 세 개의 다리를 지닌 새입니다. 옛날부터 외
교의 기본은 세 개의 다리가 달린 솥과 같아야 한다고 생각했습
니다. 가까운 거리에 위치한 세 개 나라의 힘은 균형이 맞아야

평화가 유지 된다고 생각했습니다. 왕王이 정치하던 시대엔 삼정
승인 영의정, 좌의정, 우의정을 두는 제도가 있었고, 현대에는 행
정부, 입법부, 사법부의 삼三권이 서로 세력의 균형을 맞추는 제
도입니다. 손문은 삼민三民주의를 제창했습니다. 보통 온 세상의
모든 것을 말할 때 삼三라만상이라고 합니다. 나라의 상징, 나라
의 기본제도, 온 세상을 통칭하는데 삼三이 중요하게 쓰입니다.

이것은 생명체의 혼魂이 초록빛, 파랑빛, 빨강빛 셋으로 구성
이 되어 있으며, 삼원빛은 균등하게 균형이 맞을수록 온전한 생
명체로 태어나 온전한 생명체로 살아갈 수 있기 때문입니다. 온
전한 생명체, 특히 사람은 지구의 환경에 미치는 열쇠를 쥐고 있
으니 온전한 사람이 많을수록 사람의 세상, 지구의 환경은 온전
해집니다. 삼三이란 숫자는 혼魂을 구성하는 구성원의 숫자이며,
반드시 균형을 맞추어야 하므로 균형과 유지와 온전한 경영의
상징으로 삼三이 쓰이게 된 것입니다.

(3) 삼三, 하나一

삼일신고三一神誥라는 것이 있습니다. 재야에서 고대의 한민족
역사를 연구하는 사람들, 특히 민족주의자에 가까운 사람들은

삼일신고를 한민족의 정신적 지주로 생각합니다. 매우 중요하게 생각합니다. 그런데 중요한 것이라는 것만 알지 삼일신고가 무엇인지는 모릅니다. 「매우 중요하다, 그런데 내용은 모르겠다」하니 난감합니다.

삼일신고는 생명체의 핵인 혼魂 하나의 구성이 셋이라는 뜻과 혼魂이 물리적·화학적 변화를 일으키는 공식입니다. 혼魂의 구성은 빛삼원입니다. 혼魂이 엄마 자궁에 빛알로 잉태하여 빛살로 분열할 때 빛삼원이 각기 셋으로 나뉘었다가 하나의 생명체로 옵니다. 삼원빛이 셋으로 나뉘면 아홉이 되었다가 아홉이 셋으로 나뉘면 스물일곱이 됩니다. 스물일곱으로 분열해도 하나(一)의 생명체입니다. 삼일신고는 세포분열의 양상이며 공식입니다. 신神이 들어가서 이해할 수 없는 말이 되었고 이해할 수 없으니 신비한 그 무엇으로 포장되어 오늘까지 풀리지 않은 수수께끼로 전해져 왔습니다. 삼일신고를 생명체의 직접적인 말로 표현하면 「빛魂 분열과 통합」입니다.

삼일신고보다 한국인이 더 많이 알고 있는 「삼일三一-독립기념일」이 있습니다. 일본의 식민치하에서 독립하려고 기미년己未年 3월 1일에 일어난 독립운동입니다. 3월 1일을 독립운동의 날로

정한 것이 우연이 아닙니다. 그것은 「삼일신고」의 뜻도 있지만 빛살, 세포의 분열처럼 셋에서 시작하여 60조 개가 되어 하나의 몸으로 완성되는 사람의 탄생처럼 독립운동의 성공 기원과 사람의 새로운 탄생처럼 한민족의 새로운 탄생을 염원한 것입니다. 그래서 「3월 1일」을 독립운동날로 정한 것입니다. 「삼三·하나─」 세포분열, 통합입니다.

(4) 삼 세 번

아이들이나 어른들이 내기를 하다가 질 때 「삼 세 번」하자고 말합니다. 이 말은 단순하게 「삼판 2승」인 사람이 이기는 게임의 법칙이 아닙니다. 「삼 세 번」이라는 말은 알고 보면 무섭거나 우스운 내기의 집념이 담겨 있는 말입니다.

삼三은 이제 설명을 하지 않아도 혼魄을 구성하고 있는 초록+파랑+빨강=삼원빛이라는 것을 아실 것입니다. 삼三이 세 번 변화한다는 것은 혼魄이 육체로 탄생하기까지의 과정입니다.

혼魄=빛삼원
1번 수태=빛알삼원

2번 분열=빛살삼원

3번 탄생=빛갈삼원

삼三 세 번 해서 승부를 결정짓자고 하는 말은 빛철학으로 보면 혼魂이 육체로 탄생할 때까지라는 말입니다. 혼魂이 육체로 탄생할 때까지 승부를 겨뤄 보자는 말은 지금 시작하면 죽어서 혼魂이 될 때까지라는 말이니 무섭거나, 우스운 게임 집념, 승부 집념입니다.

삼 세 번을 혼婚의 변화 과정이 아니라 화학·물리적 측면에서 보면, 혼魂이 빛알에서 빛살로 분열할 때 3배수로 분열합니다.

혼魂=삼원빛

1차 3×3=9

2차 9×3=27

3차 27×3=81

혼魂이 엄마의 자궁에 수태하여 분열을 세 번 하면 81개의 구성원이 되며 약 60조 개의 빛살이 될 때까지 분화를 해야 완성이지만, 세 번의 분화 진행, 81개의 구성원이 된 때를 완성의 상징으로 본 것입니다. 노자 도덕경이 81장이며, 한민족 최초의 경전인 천부경天符經도 81자입니다. 도덕경과 천부경이 81장과 81자로 만들어진 것은 진리의 처음과 끝이 이 안에 모두 있다는 의미입니다.

삼 세 번 내기를 하자는 것은 혼이 이 땅에 태어날 때까지, 반대로 살아 있는 사람이 죽을 때까지 하자는 내용이며, 모든 결정이 완성, 흡족할 때까지 해 보자는 말입니다. 무섭거나, 우스운 집념입니다.

(5) 오색五色 무지개

무지개는 분명히 7개의 빛깔로 구성되어 있습니다. 그런데 무지개를 보고 오색五色이라고 합니다. 많은 빛깔들이 있지만 오방색五方色을 빛깔의 「으뜸모음」이라고 생각합니다. 한민족은 다른 민족에 비하여 빛깔에 무척 예민합니다. 노랗다는 현상도 노르스름하다, 노리끼리하다, 누렇다, 싯누렇다고 표현합니다. 빛깔에 섬세한 한민족이 예로부터 7가지의 빛깔을 가진 무지개를 오색五色이라고 합니다. 그렇게 부른다면 깊은 뜻이 있겠지요.

혼魂의 구성이 삼원빛이라고 했습니다. 삼원빛 초록+파랑+빨강을 합치면 하양빛이 됩니다. 혼魂이 육체가 되면 삼원빛은 삼원빛갈이 되며, 삼원빛갈은 초록빛이 노랑빛갈로 변화하여 노랑+파랑+빨강빛갈이 되며 이 셋을 합치면 까망빛갈이 됩니다. 여기에서 삼원빛에서 삼원빛갈로 변화할 때 초록빛이 노랑빛갈로 변화하였으니 이것을 하나로 보면,

삼원빛= 초록+파랑+빨강=하양빛

삼원빛갈= 노랑+파랑+빨강=까망빛갈

오방五方빛갈= 초록+파랑+빨강+하양+까망

이 다섯 가지 빛깔이 이 세상 모든 빛깔의 근본이며, 모든 빛깔이 만들어지는 원료입니다. 사족처럼 한마디 하면, 우리들의 눈에 보이는 것은 빛魂이 아니라 빛몸입니다. 빛깔의 어원이 「빛·갖」입니다. 이 말은 빛魂의 겉, 빛몸의 살갗이라는 말입니다. 얼굴색이 좋다 나쁘다라고 하는 것은 말이 안 되는 말입니다. 색=빛이니 보이지 않습니다. 우리는 육체, 물질의 겉, 살갗만 볼 수 있습니다. 빛魂의 겉, 빛몸의 살갗이 「빛갈」이니 「얼굴빛

갈」이 좋다, 나쁘다라고 해야 한민족 빛철학에 맞는 어법입니다.

(6) 6, 6, 6

우리는 하루에도 몇 번씩 숫자를 셈하기도 하고 말하기도 합니다. 그러나 숫자를 셈하고 말하기만 할 뿐, 숫자 속에 숨은 생명체의 실상實相을 생각조차 해 보지 못합니다. 숫자의 실상을 살펴봅니다.

하나=「한알-卵」의 생명체가

둘=정자와 난자로 나뉘어 있다가

셋=엄마자궁에 수태되어

넷=이 세상에 넣어져

다섯=땅에 닿은 아이가 되었으며

여섯=어른으로 변화하기 위하여 성장 터널에 들어가

일곱=혼魂의 본질을 곧게 이은 어른으로 변화되어 살다가

여덟=노인으로 변화되는 터널에 들어가 있는 상태

아홉= 터널에서 빠져 나오니 노인으로 변화되어 살아가다가

열=하늘로 넣어졌으며(죽음)

열하나=넣어진 생명체가 다시 혼婚으로 변화되어 「한알一卵」
의 생명체로 태어나기를 기다린다.

　여기에서 여섯六을 보면 아이에서 어른으로 변화하는 길목이
며, 과도기인 예측불허의 어둡고 긴 터널입니다. 이 터널을 바르
고 옳게 통과하지 못하면 소멸하거나 이 세상에 폐를 끼치는 불
균형의 어른으로 태어납니다. 여섯(六)이 가지고 있는 의미는 「어
리다」와 「불확실한 과도기」입니다.

　「어리다」는 나이가 어린 상태를 말합니다. 나이가 어리면 생
각이 온전하지 못합니다. 사고력, 시각, 표현이 유치할 수밖에
없습니다. 어리다는 말을 아이라는 표현 외에 「약물에 어리다」,
「연탄가스에 어리다」라고 할 때도 씁니다. 중독, 취한 상태입니
다. 약물이나 연탄가스에 중독되거나 술에 취하면 나이가 어린
아이처럼 사고력, 시각, 표현이 온전하지 못합니다. 한 가지 생
각에 빠져서 그것이 이 세상에 최고의 값어치가 있으며 그것만
이 이 세상을 구원할 수 있다고 생각하는 상태를 생각에 「어렸
다」라고 합니다. 나이가 「어리고」 약물에 「어리고」, 생각에 「어
리고」의 뜻이 숫자 여섯六에 담겨 있습니다.

보통 「6, 6, 6」에 관한 얘기들을 합니다. 여러 가지로 해석을 하지만 내 생각엔 「6, 6, 6」이란 이런 것이 아닐까 여겨집니다.

나이가 「어린」 사람과 같은 어른, 약물에 취하고 중독되어 「어린」 사람들, 이념, 사상, 종교에 맹신 되어 「어린」 사람들, 이 세 가지의 「어린」 상태를 한 사람이 모두 가진 사람이 최고 「지도자」가 되면, 한 시대의 문명과 문화가 끝나고 새로운 문명과 문화가 시작됩니다. 새로움이 시작되려면 마지막과 시작의 과도기가 있습니다. 과도기에 6, 6, 6의 지도자가 군림하면 세상은 소멸하거나 온전하지 못한 문명과 문화로 되태어날 것입니다. 비극의 시작이지요. 세 가지에 「어린」 최고 「지도자」가 과도기를 만들 수 있기도 하고, 과도기가 올 때, 이런 옳지 못한 최고 「지도자」가 나타나 환영 받을 수 있습니다.

「6, 6, 6」이란 나이가 「어리고」, 약물에 「어리고」, 생각에 「어린」 사람을 말하며 그런 문명과 문화를 말합니다. 어른의 숫자는 칠七입니다. 늘 칠七의 상태로 있도록 마음의 끈을 잡고 또 잡아야 합니다. 칠七이 행운의 숫자로 전해 내려오는 까닭도 여기에 있습니다. 우리들 세상, 우리의 삶이 행운으로 가득하려면 육六의 사람보다 칠七의 사람이 가득해야 합니다.

(7) 아홉(九)

유도, 태권도, 합기도에서 최고의 기량에 오른 사람에게 9단九段의 자격을 줍니다. 그 이상 실력이 향상되어도 항상 9단입니다. 9단은 그 이상이 없는 최고층의 자격입니다. 운동뿐만 아니라 정신적인 기량을 겨루는 바둑에서도 최고는 9단입니다. 정치인들 가운데 최고를 정치 9단, 외교관 가운데 최고의 외교가를 외교 9단이라고 호칭합니다.

하나에서 열까지 숫자의 뜻을 살펴보았을 때, 아홉(九)이 사람의 삶 가운데 끝이며, 노인입니다. 아홉 다음에 열(十)인데 이것의 어원이 「넣」이니 하늘로 넣어졌다는 것은 죽었다는 의미입니다. 9단은 생명체의 삶에서 최고의 완숙이며 끝을 의미합니다.

2. 말(言)

(1) 우주宇宙

이 세상에서 처음으로 있었던 것, 대부분 경전의 첫 마리에 나오며 철학에서도 맨 첫줄에 나오는 것이 우주입니다. 깨달음을 얻었다는 사람들은 우주를 모두 알았노라고 말하는 것이 공통점입니다. 그들의 우주는 대단히 신비합니다.

그러나 우주는 그냥 우주입니다. 우주는 집 우宇, 집 주宙입니다. 집의 어원은 「짓다」입니다. 짓는다는 것은 만들다, 창조하다입니다. 우주는 「짓」이 반복되어 있으니 「짓고 또 짓고」입니다. 반복은 두 번이 아니라 끊임없이 되풀이됨을 의미합니다.

「우주」는 생명체의 혼魂을, 생명체가 존재하도록 생명력을 「짓고 또 짓고, 그리고 또 짓고 지으니」 한없이, 쉼없이 창조하는 생명과 생명력의 큰 공장이며 생명체가 뛰어 노니는 마당입니다. 사람이 사는 공간을 「집」이라고 합니다. 사람의 집도 생명을 「짓」는 공간이며, 생명력을 「짓」는 공장이며, 생명체가 뛰어 노니는 공간입니다. 우주는 신비한 공간이 아니라 사람이 사는

「집」과 똑같은 역할을 하는 「집」보다 큰 공간일 뿐입니다. 현실의 공간입니다.

(2) 극極

생활 속에서 「극極」이라는 말을 많이 사용합니다. 「극」이라는 말은 철학에서 혼魂을 의미합니다. 「극한極限」의 어려운 상황이라는 말은 「육체는 지쳐 없어지고, 혼魂만 남은」 상황이라는 말이며, 극락極樂이라는 곳은 「혼魂이 즐거운 곳」이며, 옛날 임금의 호칭을 「극존極尊」이라고 불렀는데 이것도 「높은 혼魂」이라는 의미입니다. 임금은 혼魂이기 때문에 모습이 보이지 않게 담이 높은 궁궐에서 정치를 했습니다. 「극極」이 사용되는 말이 더 많습니다. 찾아서 혼魂과 연결하여 생각해 보십시오.

유학에 무극無極, 태극太極, 황극皇極이 나옵니다. 이것은 혼魂이 육체로 변화하는 과정을 나타낸 것입니다. 무극無極이란 형체가 없는 상태입니다. 형체가 있어야 극極이 생기는데 혼魂은 파장운동으로 존재하기 때문에 극極이 없습니다. 무극 상태의 혼魂이 엄마의 자궁에 수태를 하는 순간부터 극極이 생깁니다. 혼魂이 처음 형체로써 극極으로 나누어진 것이 태극太極입니다. 태극은 둘로 나뉜 것이 아니라 초록+파랑+빨강=삼원빛의 셋으로 나뉜 것입니다. 지금의 태극太極은 틀린 것입니다. 황극은 태극이 세포분열을 시작한 모습을 말합니다. 황극皇極도 셋으로 구성되어 있는데 태극과 다른 것은 노랑+파랑+빨강빛갈입니다. 태극의 구성원인 초록이 노랑으로 변환되었고 태극은 빛이며, 황극은 빛깔입니다. 무극=비물질, 태극=에테르, 황극=물질입니다. 이것을 정리해 봅니다.

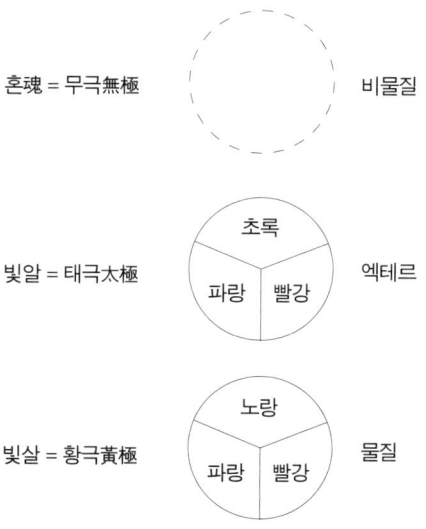

혼魂 = 무극無極　　　　비물질

빛알 = 태극太極　　　　엑테르
초록 / 파랑 / 빨강

빛살 = 황극黃極　　　　물질
노랑 / 파랑 / 빨강

무극, 태극, 황극을 원(○), 방(□), 각(△)이라고 표현하기도 했습니다. 원·방·각도 무극, 태극, 황극과 같습니다. 천부경에 일시 무시일ー始無始ー 석삼극析三極 무진본無盡本이라는 말이 있습니다. 이것은 「생명의 혼魂은 자연 에너지에서 시작되며, 혼魂은 셋의 극으로 나뉘어도 본래의 질량은 그대로다」라는 말입니다. 석삼 극析三極은 무형의 혼魂이 육체로 변환하는 분열운동입니다. 극極 이란 무형無形의 혼魂이 처음 형체를 지녔을 때 나타나는 최초의, 최소의 꼭지점입니다.

(3) 흑黑과 백白

한국화는 하양빛의 화선지에 까망빛갈인 먹 하나만으로 그림을 그립니다. 많은 빛깔의 원료들이 있는데도 그림을 흑과 백으로 그렸던 것은 그만한 문화의 깊이가 있습니다.

혼魂의 구성이 빛삼원이며 이것이 합쳐지면 하양빛이 되며, 정신입니다. 육체를 구성하는 세포는 빛깔삼원이며 이것을 합치면 까망빛갈입니다. 이것이 물질입니다. 한국화는 까망빛갈인 물질로 하양빛인 정신을 「디자인」하는 작업입니다. 한국화에서 가장 중요시하는 것이 「여백餘白」입니다. 여백이라는 것은 정신과 물질의 비중과 균형을 보는 것입니다. 여백이 없다는 것은 정신의 창고에 물질을 너무 채워서 정신이 숨을 쉴 공간이 없으며, 여백인 하양빛이 너무 많으면 허虛합니다. 한국화는 정신으로 물질의 균형을 맞추는 것이 아니라 물질로 정신의 균형을 맞추는 현실적이며 사실적인 「문화놀이」며 「철학놀이」입니다.

흑黑은 물질, 백白은 정신이란 보편적인 진리가 변형되어 흑黑은 악마의 상징, 백白은 선善의 상징이 되어 천사가 됩니다. 물질과 정신의 균형이 극단적으로 깨지면 그렇게 되기도 한다는 경고입니다. 정신과 물질, 흑과 백은 균형이 맞았을 때 가장 아름다운 생명체가 되며 삶이 됩니다.

(4) 알파Alpha 파장波長

파장의 호칭이 알파Alpha, 베타Beta, 감마Gamma, 세타Theta로 불리며, 이 말은 그리스어입니다. 그리스어가 우리말의 어순語順과 비슷해서 비교해 봅니다.

혼魂을 우리말로 「빛」이라고 합니다. 빛으로 있을 때 파장운동의 높낮이가 1cm라면, 빛이 잉태하여 빛알이 되면 파장은 2cm의 폭이 되며, 빛알이 분열·통합의 운동으로 빛살이 되면

3cm의 폭으로 파장운동을 하며, 빛깔이 있는 빛몸으로 태어나면 파장운동의 폭이 4cm가 됩니다. 일을 하거나 화를 내면 파장은 5cm, 6cm로 올라갑니다. 이것을 도표로 그려서 비교해 봅니다.

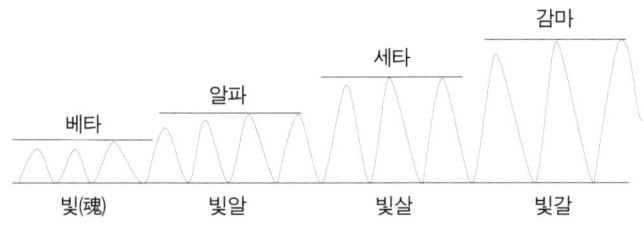

우리말과 그리스어가 다르고 파장의 높이를 나타내는 말도 다르지만 빛魂의 「ㅂ」과 베타의 「ㅂ」, 빛알의 「ㅇ」과 알파의 「ㅇ」, 빛살의 「ㅅ」과 세타의 「ㅅ」, 빛깔의 「ㄱ」과 감마의 「ㄱ」이 같다는 것이 재미있습니다. 참고 삼아 말씀드리면, 빛魂의 파장은 사망한 상태, 빛알의 파장은 숙면상태, 빛살의 파장은 명상 상태, 빛깔의 파장은 앉아 있을 때입니다. 깨달음을 얻는 순간의 의 파장은 빛魂의 상태입니다.

(5) 홍익인간사상弘益人間思想

한국철학의 꼭지점이 「홍익인간사상」이라고 학교에서 가르치는 것은 맞지도 않고 옳지도 않습니다. 옳지 않은 이유는 두 가지로 요약할 수 있습니다.

첫째, 한문어가 한민족에게 유입되어 사용되면서 「ㅂ」의 언어가 「ㅎ」으로 거의 바뀝니다. 「홍익弘益」이라는 말은 한문어가 들어오기 전에는 「빛잇」이라고 했습니다. 「빛」은 혼魂이며, 생명체며, 생명력입니다. 「홍익사상弘益思想」이란 생명체를 잇고, 생명력을 잇도록 도움을 주는 생각입니다. 나 혼자만 잘 사는 생각이 아니라 내가 반듯하게 선 후에, 남을 돕는다는 생각입니다.

두 번째, 홍익인간사상은 한민족의 사상이 입체에서 단면으로, 전체에서 일부분으로 오그라들었다는 증거입니다. 본래 한민족은 모든 생명체와 함께, 더불어 살아간다는 생각이 기본입니다. 「홍익사상」은 말이 변했어도 생명체 모두를 포함합니다. 그런데 「홍익인간사상」이란 모든 생명체에서 인간본위, 인간우선으로 시각이 좁아진 것입니다. 이 생각이 경직되면, 인간이 번성하는데 모든 생명체를 이용하는 것을 당연하게 생각합니다. 「만물의 영장」이란 우월감으로 지구의 모든 생명체를 인간의 소유물이며, 생명체의 주인이라고 생각합니다. 나아가 우주도 인간의 소유물이라고 생각하여 먼저 깃발을 꽂는 사람이 주인이라고 생각합니다. 온전한 생각이 아닙니다.

「홍익인간사상」은 「빛잇사상」으로 바뀌어야 합니다. 지구상의 모든 생명체는 한 값입니다. 사람은 모든 생명체에게 도움이 되어야 합니다. 우주는 있는 그대로 놓아 두어야 합니다. 생명체들은 있는 그대로 놓아 두는 것이 가장 잘 돕는 것입니다. 한민족의 사상은 「빛잇」에서 출발되었습니다. 생명체의 혼魂을 잇고, 생명력을 이어, 삶을 잇게 모든 생명체의 자연스런 환경을 잇게 하는 것입니다.

(6) 출생

이 공간에서 저 공간으로 나가는 것을 출생出生이라고 합니다. 출생 가운데 가장 아름답고 기쁜 출생이 하늘에서 이 땅의 공간으로 나오는 것이며, 가장 슬프면서 숭고한 출생이 이 땅에서 하늘의 공간으로 진입하는 것입니다. 하늘에서 땅으로 출생하는 것을 태어남이라 하고, 이 땅에서 저 하늘로 출생하는 것을 죽음이라 합니다.

출생을 우리말로 「태어남」이라고 하며 태어남의 본래의 말은 「닿잇, 알, 낳」입니다. 「생명체의 알이 나와서 땅에 닿아 잇다」입니다. 태어남이란 혼魂으로 하늘의 공간에 둥둥 떠서 살다가 이 땅에 육체로 닿아서 살게 된 것입니다. 혼魂과 육체의 차이는 형체가 있느냐 없느냐, 땅에 닿아서 사느냐 아니냐입니다.

우리가 살아갈 때 하루를 1일이라고 합니다. 1일이라고 할 때의 일日은 「날」 일입니다. 출생이라고 할 때의 생生도 「날」 생입니다. 생生과 일日은 낳는다는 같은 의미의 말입니다.

모기와 하루살이가 함께 놀다가 헤어질 때 모기가 인사를 합니다. 「안녕! 내일 또 만나.」 하루살이는 하늘만 처다봅니다. 모기에게 내일이 있지만 하루살이에게는 내일이 없습니다. 사람도 하루살이와 같습니다. 오늘이 삶의 모두입니다. 내일來日은 하늘에서 이 땅에 새로 태어나 듯, 오늘에서 내일로 새로 태어나는 것입니다.

태어남은 한번으로 끝나는 것이 아니라 날들이 있는 그날(日)까지 매일 반복해서 태어나고 또 태어납니다. 내일은 새로운 나(我)입니다. 오늘, 여기에서 충분히 살아 낸다는 것은 새로운 내일의, 새로운 나로 태어나게 하는 최선의 방법입니다.

(7) 존재存在

존재의 현상을 넓게 보면 형상을 가지고 있는 것과 형상은 없이 영향을 미치는 것을 말합니다. 형상이 있는 것은 지구를 포함하여 지구 위의 사물들과 생명체들, 생명체들의 마음, 느낌들, 생명체에게 영향을 주는 에너지(氣)들입니다.

존재의 현상을 좁게 말하면 태어난 생명체들이 죽지 않고 살아 있는 현상을 말합니다. 생명체가 태어나면 죽지 않고 존재하는 것이 첫째의 명제입니다. 존재는 「있을」 존存과 「있을」 재在입니다. 존재의 현상을 우리말로 하면 「잇·움」입니다. 「잇·움」은 「이어 움트다」란 말이며 이어 움트다란 현상을 「잇고 이어서 자란다」란 뜻입니다.

「잇고 이어서 자란다」는 말은 자라나는 현상만을 나타낸 것이 아닙니다. 처음의 「잇고」는 혼魂을 이어 육체로 변화된 것을 말하며, 두 번째 「이어서」는 자라고 또 자라나는 육체의 모습을 나타낸 것입니다.

우리말에 옳지 않은 것을 「틀렸다」라고 합니다. 이것은 「들렸다」의 변형어입니다. 나무의 뿌리가 뽑힌 상태가 「들렸다」의 상태이며, 나무의 뿌리가 들리면 죽습니다. 사람도 신神이 들리고, 혼과 마음과 느낌이 들뜨면 나무의 뿌리가 뽑힌 것과 같습니다. 「잇고」란 말 속에는 두 발을 이 땅에 단단히 붙이고, 혼과 마음과 느낌에 「이어서」 제 정신으로 있었을 때 진정한 「존재체存在體」가 되는 것입니다.

사람의 존재 현상을 「삶」이라고 합니다. 「삶」은 빨래를 「삶」다라고 할 때도 쓰입니다. 사람의 삶이란 빨래를 삶는 현상과 같습니다. 빨래를 하는 과정과 사람의 삶의 과정은 같습니다. 고운 존재의 비결은 몸과 마음을 매일 「삶」아서, 널어서, 다듬이질을 해서, 다름질해 내는 것뿐입니다.

(8) 군자君子

사람이 사람답게 존재하려면 사람의 「네트워크」가 있어야 하고, 네트워크가 넓고 양질일수록 좋습니다. 그리고 사람의 네트워크의 정점에 있을 수만 있다면 더 좋습니다. 사람의 큰 네트워크의 정점에 설 수 있는 인품人品을 가진 사람을 유학에서는 「군자君子」라고 했습니다. 그냥 「군君」이라고 하고 싶었겠지만 진짜 「군君」이 화를 낼까 봐 「자子」를 붙인 모양입니다. 최고의 품격을 「왕王」을 기준으로 삼았습니다. 「군자君子」란 왕과 같은 인품을 지닌 사람, 최고의 사람이란 뜻입니다.

도교道敎에서는 최고의 인품을 지닌 사람을 「현자賢者」라고 했으며, 현자보다 더욱 인품이 높은 사람을 「현인玄人」이라고 했습니다. 현인의 현玄이 「검을」 현입니다. 여기에서 「검」은 「흑黑」을 말하는 것이 아니라 신령스러움을 말합니다. 그런데 재미있는 것은 「군자君子」의 군君이 「임금」 군이며, 임금의 본딧말이 「잇검」이니 「군자君子」와 「현인玄人」은 신령스러운 사람이란 같은 호칭입니다. 현玄, 검儉은 혼魂의 다른 표현입니다. 「왕王」, 「군자君子」, 「현인玄人」은 모습 없이 존재하며, 모습 없이 정치하며, 모습 없이 남을 돕는 현상, 혼魂처럼 존재하지만 보이지 않는 상태로 살아갈 수 있게 된 사람을 말합니다. 보통사람의 삶의 기준으로 삼기에는 너무 높고 난해합니다.

한민족은 「군자·현인」과 같은 사람을 「젊잖」은 사람이라 불렀습니다. 「젊잖다」란 「젊지 않다」란 뜻이 아니고 「젖어지고 잦아지다」란 뜻입니다. 젖어들면 수량이 적어지고 잦아들면 모양이 작아집니다. 이것은 마음의 파장운동을 말합니다. 마음이 거칠어지면 파장운동의 폭이 커지고 파장운동의 간격도 좁아져서 파장운동량이 많아집니다. 반대로 마음이 온화해지면 파장운동의 폭과 간격도 낮고 작아집니다. 도표로 봅니다.

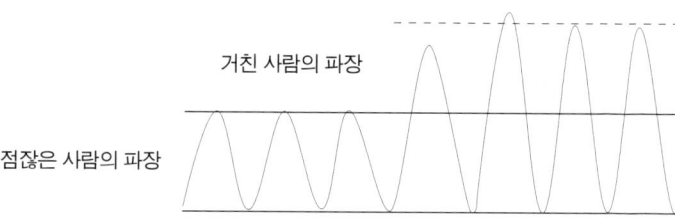

거친 사람의 파장

점잖은 사람의 파장

젊잖다란 말이 한문어가 들어오면서 「원만圓滿」으로 변화합니다. 모가 나지 않고 모든 사람들과 잘 지내는 사람을 「원만」한 사람이라고 합니다. 보통 원만의 뜻을 보름달처럼 둥글게 가득 찬 것으로 생각합니다. 그렇지 않습니다. 원만이라는 말속에는 혼魂의 물리와 화학적인 현상이 담겨 있습니다.

혼魂이 끊임없이 운동을 할 수 있는 까닭은 제자리에 있겠다는 초록빛과 위로 올라가겠다는 빨강빛과 아래로 내려가겠다는 삼원빛이 하나의 구성원으로 있기 때문에 가능합니다. 삼원빛이 제각각 33.33…3%씩 균형이 맞았을 때 가장 동그란 원圓운동을 합니다. 원만圓滿의 진짜 모습입니다. 원만은 지고지순의 균형 상태입니다. 원만한 사람은 중도와 진보와 보수의 균형, 과거·

현재·미래의 균형, 높음과 중간과 낮음의 균형, 앞과 제자리와 뒤의 균형, 왼쪽과 오른쪽과 중앙의 균형이 맞은 사람, 균형을 맞추어 생각하는 사람입니다. 그런데 이 정도의 원만한 균형 맞추기는 살아 있는 사람으로는 힘듭니다. 혼魂은 간단히 균형 맞출 수 있습니다. 군자君子, 현인玄人, 젊잖은 사람, 원만인圓滿人은 모두 혼魂과 같은 사람을 말합니다. 육체를 가진 사람으로는 실천하기 어려운 삶의 기준이므로 이것을 아는 사람들은 기준에 미달되어도 서로 감싸 안으며 사는 것입니다.

요즈음은 인간의 한계를 뛰어 넘은 훌륭한 사람을 「성인聖人」·「성자聖者」·「성현聖賢」이라고 하며, 그 중에서 「성자」가 보편적으로 쓰입니다. 성자의 성聖은 「거룩할」 성입니다. 거룩의 본래의 말은 「건·움」입니다. 이 말은 「건우어 움터 내다」는 말입니다. 「겨울」도 거두어 움터 낸다는 말입니다. 모두 거두어들였으니 겨울 풍경은 황량하며, 거두어들였던 것을 움터 내니 봄이 되어 황량한 들판에 초록의 새싹들이 돋아납니다.

성자는 높은 곳에 있거나 먼 곳에 있지 않습니다. 자식을 거두어 성장시켜 주는 부모님들, 진정한 마음으로 제자를 거두어 주고 천부적인 재능을 움터내 주는 선생님들, 돈을 많이 거두어

들인 후에 골고루 기부하는 기업인들, 모두들 성자입니다.

말속의 뜻을 철학적으로 분석하고 나니, 군자君子, 현인賢人, 원만한 사람보다 성자가 더 인간적이며, 우리들 가까이 있으며, 우리가 따라하기가 좀 쉬운 사람인 것 같습니다. 사람이니까 지구상의 모든 생명체가 존재가치가 평등하다는 생각을 지닌 채, 사람과의 소통, 사람과의 관계를 내밀하게 생각하는 것이 삶의 기본입니다.

(9) 죽음

이 세상의 모든 것은 변화합니다. 변화한다는 것은 살아 있다는 것입니다. 태어난 생명체들, 살아 있는 모든 것들도 변화합니다. 변화의 끝은 죽음이며 평화로운 죽음은 세상의 축복입니다. 태어난 모든 것들이 죽지 않는다면 세상은 포화상태가 되어 평화가 없어집니다. 평화로움이 없다는 것은 재앙입니다.

죽음의 본래말은 「죽·움」입니다. 쌀에 물을 적당히 붓고 적당히 열을 가하면 「밥」이 되고, 물을 많이 부으면 「죽」이 됩니다. 밥은 쌀알의 형상을 유지하고 있지만 「죽」은 쌀의 형상이 없어집니다. 쌀의 형체는 없어졌지만 쌀의 질량은 솥 안에 「죽으로 움터나」 그대로 있습니다.

사람의 죽음도 그와 같습니다. 쌀의 본래말이 「살」입니다. 쌀은 「살」아 「잇」는 것입니다. 「살」아 있는 쌀로 죽을 쑤면 형체가 없어집니다. 그래도 쌀의 질량은 남아 있습니다. 사람도 「살」아 있다가 「죽」으면 육체의 형상은 없어지지만 사람의 질량인 혼魂은 그대로 움터나 하늘, 우주라는 공간에 남겨집니다. 죽음이란 쌀이 죽으로 변화한 현상과 똑같습니다.

사람의 평균수명이 길어지고 유아 사망이 줄어서 지구에 사람이 넘쳐납니다. 사람이 넘쳐나니 삶을 유지하기 위하여 지구를 못살게 합니다. 우스운 이야기인데 의료의 발달이 가져온 모순 현상입니다. 의술을 인술仁術이라고 합니다. 현미경의 시각으론 맞지만 망원경의 시각으로 보면 지구를 못살게 만드는 원인 가운데 하나이기도 합니다.

지구에 사람이 몇 명이 살아야 적당할 것인지 생각해 봅니다. 사람의 세포 숫자가 60조 개쯤 된다고 합니다. 그렇다면 지구의 사람 숫자의 한계는 60억쯤인 것이라 생각됩니다. 60억 명이 넘어 초과할수록 지구는 힘들 것입니다. 적당한 숫자는 6억 명? 6000만 명? 사람의 숫자는 잘 모르겠는데 하나 확실한 것은 「사

람을 만났을 때 반가운 상태」라고 생각합니다. 유대인들 인사말
이 「샬롬」인데 우리말로 직역하면 「사람」입니다.

저 먼 곳에서 무엇인가 움직입니다. 동물인지 사람인지 아직
모릅니다. 가까이 옵니다. 사람입니다. 지켜보던 사람이 외칩니
다. 반가워서 외칩니다. 「사람이다.」 인사말로 「사람이다」라고
외칠 때, 그 상태, 그 상태가 지구에 사람이 살기에 알맞은 사람
의 숫자입니다.

사람의 인품이 모두들 높아져 지구를 못살게 하는 모든 행동
을 중지하지 않으면 지구가 「죽」이 됩니다. 지구가 「죽」이 되어
우주에 산산이 흩어져도 지구의 질량은 남습니다. 그러나 지구
의 살아 있는 생명체는 모두 사라집니다. 사람이 출생과 존재와
죽음을 어떻게 생각하는지 이제부터 중요합니다. 사람의 품격
을 높여서 출생과 존재방식과 죽음에 대하여 새로운 문화를 만
들어야 할 시점입니다.

한민족의 빛철학 정리

1. 빛철학의 헌법

한민족의 빛철학 제1조는 「본」입니다. 「본」은 자연 에너지, 우주 에너지입니다. 에너지는 힘이 있으며, 힘이 있는 것은 자생적 운동을 일으킵니다. 「본」은 운동합니다. 끊임없이 파장운동을 왼쪽으로 합니다.

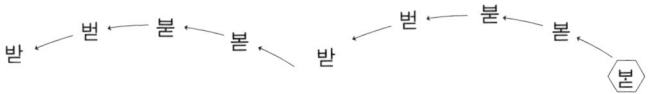

「본」에서 ① 보풀어 나고 ② 보풀어 난 것이 부풀어 나고 ③ 부풀어 난 것이 뻗어 나가고 ④ 보풀고, 부풀고, 뻗어 나간 것을 받아 두었다가 ① 또 보풀고… 이렇게 반복운동을 원(圓)으로 합니다.

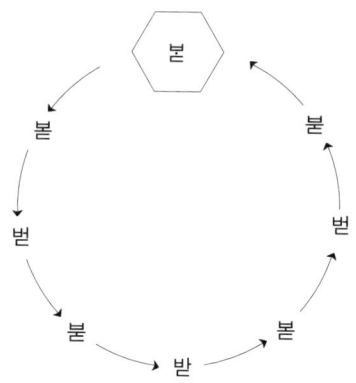

이렇게 반복운동을 계속하다가 여러 가지의 여건이 맞았을 때 「본」에서 빛魂이 나옵니다. 빛魂은 생명체의 근원입니다.

한민족의 빛철학 헌법2조는 「빛魂」입니다. 빛魂의 운동은 본과 같습니다. 빛의 구성은 초록빛과 파랑빛과 빨강빛으로 되어 있습니다. 빛魂의 에너지는 강력하지만 합리적입니다. 요즈음 물리학에서는 중성자, 양성자, 음성자를 나누어 생각하고 사용하지만, 빛魂 에너지는 중성자+양성자+음성자가 합쳐진 하양빛 에너지입니다.

에너지 덩어리인 빛魂이 반복운동을 하다가 「느낌」이 맞는 파장을 만났을 때, 그 파장을 찾아와서 수태합니다. 수태는 빛魂의 첫 성공입니다.

2. 빛철학의 법률

빛철학의 법률1조는 「빛의 알(卵)」입니다. 빛이 엄마 자궁에 수태가 되면 빛魂의 파장은 변화하여 파장도 아니고 물질도 아닌 중간 과도기 단계인 「에테르」의 상태가 됩니다. 빛알의 모습을 봅니다.

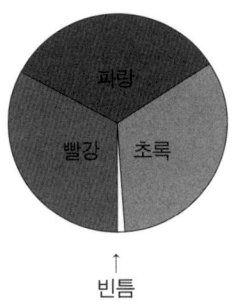

↑
빈틈

본에서 빛魂으로 변화한 후에 빛알로 변환하였으니 구성과 운동은 본과 빛魂과 같습니다. 한 가지 다른 것은 구성원인 삼원 빛이 각기 33.33…3%여서 빈틈 0.00…1%가 있다는 것입니다. 빈틈은 운동을 할 수 있는 여백이지만 빛알로 변환하면 이 빈틈이 「느낌」의 창고로 바뀝니다. 빈틈이 온전하면 「느낌」도 온전하며 빈틈이 경직되어 작아지면 「느낌」도 함께 경직됩니다. 엄마 자궁에 도착하여 휴식을 취한 빛알이 분열을 시작합니다.

빛철학의 법률2조는 「빛살」입니다. 빛살로 전환되면 빛알은 완벽하게 물질로 변환됩니다. 볼에서 빛魂으로, 다시 빛알에서 물질인 빛살로 변환 되어도 볼과 빛魂과 빛알이 본래 가지고 있던 파장마저 물질로 변화하여 굳어 버린 것은 아니며, 물질인 빛살 속에 갈무리되어 있습니다. 빛살은 물질이되 파장입니다. 빛알에서 빛살로 변화되는 과정과 모습을 봅니다.

빛알

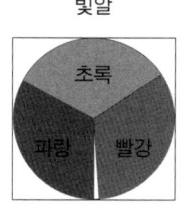
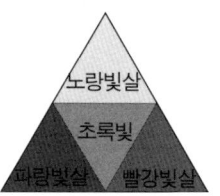

빛알의 구성원 가운데 초록빛만 노랑빛살로 바뀝니다. 파랑·빨강빛은 그대로 이어집니다. 초록빛이 노랑빛살로 바뀐 후 초록빛이 없어지는 것이 아니라 빛살의 중앙에 숨어 있습니다.

현대과학에서 「줄기세포」, 「간세포」 약 10만 개가 사람의 세포에 있다고 합니다. 줄기세포, 간세포라고 하는 것은 빛살 속에 초록빛이 숨어 있는 빛살을 말합니다.

사람의 세포 숫자는 약 60조 개라고 하며 하루에 세포의 10%쯤이 바뀐다고 합니다. 노쇠한 세포는 버리고 새로운 세포를 만들어 세포의 이·취임식이 매일 일어납니다. 이것이 숙면상태인 밤11시부터 새벽2시 사이에 진행됩니다. 밤 11시부터 숙면상태가 되려면 밤9시부터 잠자리에 들어야 합니다. 밤9시에 잠자기 시작하는 것이 빛철학을 실천하는 첫 단계입니다. 그러면 생명의 소중함이 학습을 통하지 않고도 느껴지기 시작합니다.

빛살은 사람의 부피를 구성하고 있습니다. 부피는 구성의 중추적인 역할을 하기 때문에 부피인 빛살이 연하고 부드러워야 빛살에 담겨 있는 빛(魄)과 빛알(心)과 느낌이 연하고 부드러움을 유지합니다. 암이라는 병은 빛과 마음과 느낌이 경직되면 빛살이 함께 경직되어 생기는 것입니다. 반대로 빛살이 경직되면 빛(魄)·마음·느낌이 경직되어 암이 생깁니다. 빛살의 건강이 그 사람 자체의 건강이며, 빛살의 건강 유지가 건강한 문화 창출과 창출된 건강한 문화를 유지하는 방법입니다.

3. 빛철학의 시행령施行令

본→빛魂→빛알→빛살로 변환되어 약 열 달 동안 엄마 자궁에서 분열과 통합의 과정을 마치고 이 땅에 태어납니다. 빛살이 태어나면 「빛몸」이라고 부릅니다. 빛몸은 약 60조 개의 빛살로 이루어져 있으니 「빛몸」은 하나지만 구성은 연합체입니다. 그리고 빛魂·빛알·빛살의 연합체기도 합니다. 그림으로 봅니다.

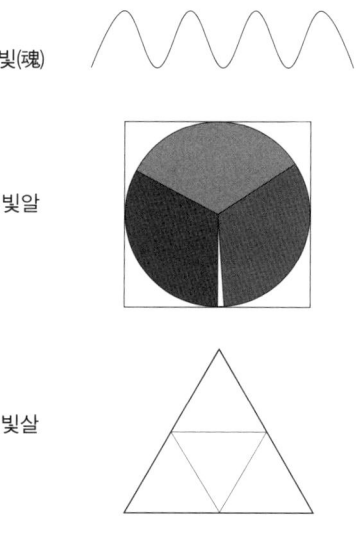

빛(魂)

빛알

빛살

빛몸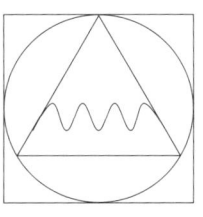

빛魂은 ~~~ 같은 파장으로 구성되어 있으며 빛알은 삼원빛 세 개로 구성되어 있고, 빛살도 삼원빛갈 세 개로 구성되어 있으니 단순하고 간단합니다. 그래서 헌법, 법률은 간단했습니다. 그러나 빛몸은 약 60조 개의 연합체이니 살아 가려면 복잡합니다. 그것도 잠간 사는 것이 아니라 70~80여 년 동안 살아야 합니다. 그러므로 시행령은 복잡합니다.

빛철학에서 사람이 어떻게 살아야 옳은 것인지 만들어 놓은 시행령이 「말(言)」입니다. 말의 원료가 생명체며 생명체의 움직임을 입체영화처럼 찍어놓은 것입니다. 말(言)의 진정한 의미를 알지 못하면 올바른 삶의 시행령을 알 수 없습니다.

세상의 모든 철학·종교의 경전이 생명체의 근원과 생명체의 탄생 과정과 생명체가 몸으로 살아가는 가장 바른 시행령을 말하고 있는 것입니다. 모든 경전은 책으로 되어 있어서 모두 암기해야 하는 수고로움이 있고, 들고 다니기에 불편합니다. 그러나 한민족의 경전은 「말(言)」로 되어 있습니다. 말을 할 때마다 삶의 기준과 가치, 생명체의 소중함을 기억나게 합니다. 물론, 말(言)의 뜻을 알고 있었을 때 해당하는 얘기입니다.

지금 한민족의 모든 사람들을 자신이 말하는 말의 속뜻을 모릅니다. 말이 삶의 시행령인 줄을 모르게 됐으니 왜 한민족에겐 멋진 경전, 멋진 시행령이 없느냐고 한탄하면서 외래의 경전이 들어오면 미친 듯 흡수하고 빨려 들어갑니다. 그러나 그 경전들이 아무리 뛰어나도 말(言)의 경전만 못합니다. 고운 최치원은 늘 이렇게 말했답니다. 「풍류지도는 유·불·선을 통합하고도 남는다」 그렇게 말한 최치원도 풍류지도가 「이것이다」라고 말을 못했으니 평생 답답했을 것입니다. 한민족의 빛철학에서 시행령은 「말(言)」입니다. 지금까지 얘기한 것을 간추려 봅니다.

빛철학

헌법1	본
2	빛
법률1	빛알
2	빛살
시행령	빛몸	→ 말(言)

4. 빛철학의 모듬 환생론還生論

일 년 전쯤 되었을까? 조선일보에서 이런 내용을 읽었습니다. 약 100년 전에 영국의 선교사가 한국에 와서 선교 활동을 하고 영국으로 돌아갔습니다. 오래 전에 선교사는 사망을 했습니다. 선교사의 유품을 정리하던 선교사의 손자가 할아버지의 일기를 발견합니다. 선교사의 일기 내용은 대략 이런 내용입니다.

「한국에 와서 백성들의 성품을 보니 놀랍다. 그리고 의문이다. 한국의 백성들은 순박하여 착하고 이웃과 화목하게 지낸다. 이들을 이토록 착하고 순박하게 만든 것이 무엇일까? 법도 제대로 모르고 종교도 눈에 띄는 것이 없어 보인다. 놀라운 의문이다.」

선교사의 의문과 놀라움은 당연합니다. 선비들은 유학에 빠져 유학으로 살았지만, 한민족의 백성들은 파편으로 남았지만 빛철학으로 살았기 때문입니다. 유학의 시행령에는 없는 환생還生이라는 것이 빛철학에는 있습니다. 백성들은 환생을 삶의 근본으로 삼고 살았으니 법과 종교와 학문이 없어도 순박하고 곱게 살 수 있었습니다. 환생을 봅니다.

(1) 눈에 보이는 환생

비가 옵니다. 비는 옹달샘이 되어 개울물이 되고, 개울물이 모여 냇물이 되고, 냇물이 강물이 되고, 강물이 모여 바다가 됩니다. 바닷물은 쨍쨍 내려 쪼이는 햇살에 순응하여 수증기로 변하여 하늘로 오릅니다. 하늘로 오르다가 차가운 공기를 만나면 물방울이 되어 구름이 되고, 구름은 바람에 떠돌다가 무거워지면 비로 변하여 이 땅에 내려옵니다. 땅에 내려온 빗물은 옹달샘이 되고–개울이 되고–강물이 되고–또 수증기가 되어 하늘로 오르고⋯. 물은 이처럼 늘 환수還水를 합니다. 사람도 물과 같은 변화를 반복합니다. 다른 점이 있다면 물의 변화는 확인할 수 있고 사람의 변화는 확인할 방법이 없다는 차이입니다.

그러나 환생이라는 말을 풀어 보면 알 수 있습니다. 환은 돌아올 환還입니다. 돌아온다는 것은 간 것이 오는 것입니다. 콩이 가면 콩이 돌아오고, 팥이 가면 팥이 돌아오고, 사람이 가면 사람이 돌아옵니다. 환생은 돌아 간 사람이 되돌아 태어난다는 말입니다. 물의 환수還水가 확실하다면 사람의 환생還生도 확실합니다. 빛철학 안에서는 그렇습니다.

(2) 환생의 길(道)

허공에 떠도는 별들도 궤도가 있습니다. 돌아간 사람이 다시 돌아오려면 길이 있어야 합니다. 그 길이 「자식」입니다. 허공의 혼魂이 수태되려면 혼魂과 지금 아기를 만드는 부부의 느낌이 일치해야 합니다. 느낌이 제일 알맞게 일치하는 것이 혈육이라고 본 것입니다. 되돌아오는 길은 「핏줄」인 셈입니다. 그러나 환생의 내용이 세월이 지나면서 편협해져서 핏줄이라는 고정관념이 생겨났지만, 남남이었더라도 「느낌」만 일치하면 그곳으로 왔습니다. 하여튼, 되돌아오는 길이 핏줄이라고 믿게 된 사람들은 자식을 낳는 것이 삶의 첫째 목표가 됩니다. 만일, 자식을 낳지 못하고 죽는다면 하늘에서 이 땅으로 오는 길이 끊겨서 영원히 우주 미아로 남게 됩니다. 빛철학으로 살았던 한민족의 백성들은 환생을 사실적으로 믿었고, 환생을 사실적으로 믿었던 사람들은 자식을 낳는 일이 삶의 최우선 과제가 되었습니다.

(3) 태교胎教

자식을 낳았습니다. 죽으면 다시 돌아올 길을 확보했습니다. 이번에는 두 번째 숙제를 만납니다. 다시 돌아오는데 어떻게, 어떤 모습으로 돌아오느냐가 문제입니다. 다시 태어난 내 모습을 내 마음대로 정립하거나 상상해도 소용이 없습니다. 다시 돌아오는 길이 「핏줄」로 정해져 있듯이 다시 돌아오는 모습도 정해져 있습니다. 그것은 「자식」과 「똑 같은 모습」으로 온다는 사실입니다. 이제 숙제를 해결할 해답을 찾았습니다.

온 몸과 마음을 다하여 아름다운 아이를 낳아서, 아름답게 성장시켜서, 아름답게 인격을 숙성시키는 일에 삶의 전부를 걸고 매달립니다. 삶은 고운 아이를 낳아, 고운 사람으로 숙성시키는 것입니다. 오직 그것을 위하여 일을 합니다. 일을 하다 보니 돈과 명예와 권력이 생기는 것일 뿐, 일의 목적은 고운 자식을 양육해 내는 것입니다. 돈과 명예와 권력은 그저 일을 곱게 하다가 생긴 덤일 뿐입니다.

온 나라의 온 백성이 모두 빛철학과 환생을 사실적으로 받아들이니 온 나라의 백성들의 목표가 고운 자식을 낳아 고운 사람으로 숙성시키는 한 가지뿐입니다. 고운 자식을 낳으려면 아이 적부터 바른 마음과 바른 몸가짐을 유지해야 합니다. 남에게 폐를 끼치면 폐를 당한 그 사람의 마음이 비뚜러지고, 마음이 비뚜러지면 비뚜러진 자식을 낳을 확률이 높습니다. 나의 목표가 고운 자식을 낳는 것이니 너의 목표도 고운 자식을 낳는다는 것인 줄 압니다. 나의 몸과 마음을 반듯하게 갖는 것은 물론, 남의 몸과 마음을 반듯하게 유지하는 것을 지켜 주기 위하여 「남에게 폐를 끼치지 않는다」가 삶의 불문율이 됩니다. 모든 백성들이 무언의 합의로 이 마음으로 살아갑니다. 이것을 나중에 「태교」라고 부르기 시작합니다.

지금은 태교를 임신해서부터 하는 것이라고 잘못 알고 있습니다. 임신을 한 후부터 태교를 하는 것이 안 하는 것보다 조금 도움이 되겠지만 이미 사슴과 늑대는 결정된 뒤의 일입니다. 서른살 먹은 부부가 아기를 낳았다면, 최소한으로 보아 부부가 한 살부터 쌓인 생각들이 보이지 않게 모였다가 아기라고 하는 보이는 생각으로 나타난 것입니다. 태교는 이미 2대, 3대 전쯤부터 시작된 것입니다. 진정한 태교는 환생을 사실적으로 믿었을 때 가능합니다.

(4) 지금, 여기가 천당과 지옥

자식의 양육에 성공했습니다. 자식은 곱고, 어질고, 착해서 온 동네 사람들의 칭찬을 듣습니다. 이것을 바라보는 부모의 마음은 한없이 기쁩니다. 내가 다음에 다시 돌아온다면 틀림없이 내 자식의 자식으로, 아니면 자식의 손자, 손자의 손자로 태어날 텐데 콩심은 곳에 콩이 난다고 했으니 나는 이 다음에 틀림없이 지금의 내 자식처럼 어질고, 곱고, 착한 사람으로 태어날 것이라고 확신합니다. 자식을 쳐다보는 나날이 기쁘고 즐거움입니다. 여기가 천국이며 극락입니다.

자식 농사에 실패한 부모의 경우는 어떨까요. 자식이 막무가내 망나니입니다. 그 자식을 쳐다볼 때마다 이 다음에 다시 태어난 자신을 봅니다. 매일, 평생, 망나니로 태어난 자신을 보며 괴로워합니다. 지금, 여기가 지옥이며 연옥입니다. 빛철학은 천국과 지옥을 살아서, 여기에서 지금 느끼게 하는 사실적인 삶의 학문입니다.

(5) 내가 또 살 곳

요즈음, 지구와 지구의 환경은 후손들에게 물려주어야 할 것이라고 말합니다. 그렇지 않습니다. 지구와 지구 환경은 다음에, 이 다음에 내가 돌아갔다가 다시 되돌아와서 살 곳입니다. 후손에게 물려 줄 곳이 아니라 내가 다시 태어나 살 곳이라고 생각한다면 지구와 지구의 환경을 아끼는 마음이 지금보다 1cm라도 더 애틋해질 것입니다. 환경을 해결하는 방법도 환생을 사실적으로 믿는 곳에서 출발한다면, 좀더 효율성이 있을 것입니다.

환생의 실체를 분석해 보았습니다. 환생을 믿지 못하는 학문과 삶은 선線입니다. 시작과 끝밖에 없다면 선이며 평면平面입니다. 선과 평면의 사고로 세상살이를 하니 사람 사는 세상이 모두 선과 평면입니다. 환생은 원입니다. 원은 입체입니다. 환생을 사실적으로 믿으면 삶이 원과 입체가 되며, 사고도 원과 입체로 됩니다. 최치원의 「웅장한 기상」을 선과 평면의 사고로 만들 수 없습니다. 원과 입체적 사고를 지닌 사람이 많았을 때, 그 사람들의 연합한 힘과 생각과 행동이 만들어 내는 총합이 「웅장한 기상」입니다. 최치원이 복원해야 한다는 「풍류지도風流之道」가 바로 「빛철학」입니다. 빛철학은 생명체 철학이며, 생명력의 철학이며, 원과 입체의 철학입니다. 환생을 사실적으로 믿는 사람은 법과 철학과 종교와 신神이 없어도 아름다운 삶을 충분히 살 수 있습니다. 환생은 빛철학의 대미大尾며 대단원大團圓입니다. 빛철학은 반드시 복원되어야 합니다.

바 보 한 민 족

등 록 1994.7.1 제1-1071
인 쇄 2009년 12월 10일
발 행 2009년 12월 20일

지은이 박해조
펴낸이 박길수
편집인 소경희
디자인 이주향
펴낸곳 도서출판 모시는사람들
　　　 110-775 서울시 종로구 경운동 수운회관 1207호
전 화 02-735-7173, 02-737-7173 / 팩스 02-730-7173

출 력 삼영그래픽스(02-2277-1694)
인 쇄 (주)상지P&B(031-955-3636)
배 본 문화유통북스(031-937-6100)
홈페이지 http://www.donghakbook.com

　　　　　　　　　　　　　값은 뒤표지에 있습니다.

ISBN 978-89-90699-79-4